英雄儿女

志愿军家书

中国共产党历史展览馆 ◎ 编注

中共党史出版社

图书在版编目（CIP）数据

英雄儿女：志愿军家书 / 中国共产党历史展览馆编注 . -- 北京：中共党史出版社，2024.1（2025.10 重印）
ISBN 978-7-5098-6359-6

Ⅰ . ①英… Ⅱ . ①中… Ⅲ . ①革命烈士－书信集－中国 Ⅳ . ① I266
中国国家版本馆 CIP 数据核字（2023）第 153650 号

书　　名：英雄儿女——志愿军家书
作　　者：中国共产党历史展览馆

出版发行：中共党史出版社
责任编辑：贾欣琪　韩冬梅
责任校对：申宁
责任印制：段文超
社　　址：北京市海淀区芙蓉里南街 6 号院 1 号楼　邮编：100080
网　　址：www.dscbs.com
经　　销：新华书店
印　　刷：北京盛通印刷股份有限公司
开　　本：720mm × 1000mm　1/16
字　　数：170 千字
印　　张：13.5
版　　次：2024 年 1 月第 1 版
印　　次：2025 年 10 月第 2 次印刷
书　　号：ISBN　978-7-5098-6359-6
定　　价：66.00 元

此书如有印装质量问题，请联系中共党史出版社读者服务部 电话：010-83072535

前言

今年是中国人民志愿军抗美援朝战争胜利 70 周年。1953 年 7 月 27 日，朝鲜停战协定签字仪式在板门店举行。至此，历时两年零九个月的抗美援朝战争宣告结束。

1950 年 6 月 25 日，朝鲜内战爆发。美国政府从其全球战略和冷战思维出发，作出武装干涉朝鲜内战的决定，并派遣第七舰队侵入我国台湾海峡。美国还操纵联合国安全理事会通过决议，组成以美国军队为主，英、法等 15 个国家有少量部队参加的“联合国军”，扩大侵朝战争。美军无视中国政府一再警告，悍然越过三八线，把战火烧到中朝边境。侵朝美军飞机多次轰炸中国东北边境地区，给人民生命财产造成严重损失，我国安全面临严重威胁。在战况陡转危急的情势下，朝鲜劳动党和政府两次请求中国出兵支援。

1950 年 10 月的上半月，中共中央书记处和政治局在毛泽东主持下进行多次、深入的讨论，经过反复权衡、审慎研究，中央政治局一致得出“应当参战，必须参战。参战利益极大，不参战损害极大”的结论，最终以“打得一拳开，免得百拳来”的豪迈气魄，作出了抗美援朝、保家卫国的历史性决策。10 月 19 日，中国人民志愿军在彭德怀司令员兼政治委员率领下，雄赳赳气昂昂地跨过鸭绿江，拉开了抗美援朝战争的序幕。

当时，中美两国国力相差巨大。在这样极不对称、极为艰难的情况下，中国人民志愿军同朝鲜军民密切配合，连续进行5次战役，此后又构筑纵深防御阵地，实施多次进攻战役，创造了威武雄壮的战争伟业。经过艰苦卓绝的浴血奋战，中朝军队打败了武装到牙齿的对手，打破了美军不可战胜的神话，美国不得不在朝鲜停战协定上签字。朝鲜停战实现，中国人民的抗美援朝战争赢得了伟大胜利。抗美援朝战争的胜利雄辩地证明："西方侵略者几百年来只要在东方一个海岸上架起几尊大炮就可霸占一个国家的时代是一去不复返了"。

伟大的抗美援朝战争，抵御了帝国主义侵略扩张，捍卫了新中国安全，保卫了中国人民和平生活，新中国真正站稳了脚跟；彻底扫除了中国人民近代以来任人宰割、仰人鼻息的百年耻辱，彻底扔掉了"东亚病夫"的帽子；奠定了新中国在亚洲和国际事务中的重要地位，彰显了新中国的大国地位；深刻塑造了第二次世界大战结束后亚洲乃至世界的战略格局，极大鼓舞了全世界被压迫民族和人民争取民族独立和人民解放的正义事业，有力推动了世界和平与人类进步事业。

在抗美援朝战争中，中国人民志愿军将士面对强大而凶狠的作战对手，身处恶劣而残酷的战场环境，抛头颅、洒热血，以"钢少气多"力克"钢多气少"，谱写了惊天地、泣鬼神的雄壮史诗。他们冒着枪林弹雨勇敢冲锋，顶着狂轰滥炸坚守阵地，用胸膛堵枪眼，以身躯作人梯，抱起炸药包、手握爆破筒冲入敌群，忍饥受冻绝不退缩，烈火烧身岿然不动，敢于"空中拼刺刀"。在他们中涌现出杨根思、黄继光、邱少云等30多万名英雄功臣和近6000个功臣集体，19.7万多名英雄儿女为了祖国、为了人民、为了和平献出了宝贵生命。毛泽东的长子毛岸英第一批入朝参战，英勇牺牲在朝鲜战场。

"烽火连三月，家书抵万金。"在抗美援朝战场的作战间隙，志愿军将士对父母、妻儿、朋友、恋人的牵挂与思念、激励和鞭策，通过一封封家书向国内传递。这些普普通通的家书，没有华丽的辞藻，没有刻意的构思，那么朴实、坦诚，是最真实的情感和言语的流露，满溢着英雄将士的真情深意：大可言及严峻的战争、正义和军人的天职，小可聊及个人涵养、敬老育人等琐事。平凡家书，可见志士高标；儿女情长，更显英雄气壮！

本书共收录30位志愿军将士的战地家书，通过亲历者的视角再现了抗美援朝战争的壮阔历程，还原了许多真实鲜活的历史细节，揭示了伟大抗美援朝精神的丰富内涵，展示了“最可爱的人”生动立体的光辉形象。捧读这一封封战地家书，虽然纸张早已泛黄，字迹也已有些模糊，但依然感人至深、动人心弦，仿佛把我们带回到那个战火纷飞的年代，感受志愿军将士的热血与忠诚、无畏与坚强、情怀与担当。

家书真实记录了志愿军实战中取得的辉煌战绩和丰硕战果。吴书在给妻子的第四封家书中记述了第二次战役第一阶段的战果：“共计毙伤俘敌贰万叁仟余人（美军占大半，我军毙伤敌壹仟六佰余人，我师俘美军三百七十余毙敌四佰余），大炮二〇〇门，汽车贰千余辆”。宋云亮记述了金城战役：“此次战役，我们歼敌三万余人，占领敌军阵地一百七十多平方公里，缴获的大炮、车辆、坦克很多，还有一架飞机。”他还特别讲到在这次战役中志愿军炮兵的实力和强大火力：“我是西集团军的一个炮群的群长！我们群里有几十门大口径的野榴炮，还有坦克及‘喀秋莎’大炮”，“震耳的、难以形容的炮声”，“我们神威的炮兵向敌人的阵地开始了炮火急袭”。

家书纪实还原了抗美援朝前线恶劣的战争环境和惨烈的战地场景。易禄亨在战壕里记录了战场情况：“我们坚守在中线月峰山一个前沿阵地，隔敌人只有一百多米。投入紧张激烈的战斗有五天五夜了，敌人天天来进攻。”“现在天气在下大雪，满山遍地都积有五六尺厚的雪，河水结冰封冻，能过汽车坦克。严寒四十多度。我们吃不上饭，喝不上水，睡不好觉。只有渴了冰雪当水喝，饿了炒面吃几嘴，树枝当房地皮当床。整天黑夜在雪堆里滚爬。风吹裂了我的脸，霜雪冻伤我的手脚”。志愿军飞行员陈亮讲述了日常战斗：“每天黎明即起，马上出发，到点灯后才归来”，“每一个战斗，双方不下 200 架”。邵尔谦特别记录了 1951 年的中秋之夜：“飞机封锁的特别厉害，敌人的夜航机 B-25 又投弹、又扫射，路炸得坎坷不平，天空上悬挂起几十个照明弹……公路两旁的高射机枪和高射炮，向天上交织成一片火网。……敌人一排机枪打在附近，汤姆弹在地面上爆炸了，闪出蓝色火花。”

家书里充满了英勇顽强、舍生忘死的坚定意志和积极乐观的必胜信心。牟敦康说：“决心在那新的环境中、战斗中作出好的成绩来，以回答党多年来的培养与自己的努力。”毛真道告诉父亲：“儿经过了我党二年来的培养教育，在革命事业中必要时有牺牲自己的斗争意志，在任何情况下，政治立场是坚定的，有一生为革命的决心。儿今天是一个大公无私的革命军人，将来能为人民出大的力，负更大的责任。”喻求清对妻子说：“我们是在困难中成长的，不管任何的困难都会在我们每个人的决心面前遭到粉碎。这是完全有信心克服的。”柳支英说“坚信胜利是属于我们的，迟早我会完成任务，胜利归来的”。

家书满怀着对党领导下的新中国的深深热爱和无限憧憬。邱少云告诉家人：“为了让所有的受苦人都像我们一家过上好日子，我死了又算个啥子么！”“多打些粮食，多交些公粮，支援抗美援朝战争。这样才对得起中国共产党，对得起毛主席。”黄继光对母亲说道：“为了全祖国及家中人等过着幸福日子，男有决心在战斗中坚决为人民服务，不立功不下战场。……男决心把母亲来示，实际行动定来回答祖国人民对我们关怀和家中对我期望。”卢冬希望姐姐“能告诉我任何一些祖国的事情。我们在朝鲜更能感到年轻的祖国的伟大，和生长在毛泽东时代的光荣，这里是用新的胜利来作国庆的献礼的”。

家书饱含着铁血男儿对国家的忠肝义胆、对亲友的侠骨柔情。葛树滋对父母说道：希望“到美帝打败、革命成功再凯旋回家，再来服侍你二大人，就可以过着太平安乐的日子了”。康致中特别叮嘱妻子，“请收到信后回信。今年再给小孩种一次痘，沙眼还要经常点药。并请你多保重身体”。李征明希望妹妹“常常给我写信，报告你的学习情况”，“你要与三姐团结好，不要闹意见，还要帮助其他同志学习并要帮助妈妈做活，不要磨人”。鹿鸣坤鼓励女友：“你是在战争环境锻炼，我是在空战当中锻炼，你望我当英雄，我望你争取入党称模范”。王天资激励战友：“现在我们唯一的希望你，好好休养，早日恢复健康”，“我们紧握着手中枪看守着海洋，不让敌人靠岸，让我们共同守卫着祖国的大门。”

家书反映了志愿军的国际主义情怀和朝鲜人民对志愿军的深厚情谊。邵尔谦说：“朝鲜是勤劳、勇敢、乐观的民族”，“战争停下来，他们会很快恢复战前的生活而一天天的向上，战争要是打下去，朝鲜人民一定能够取得最后胜利！”黄金菱告诉父母：“这些朝鲜亲人们，一群群的跟着我们，每经过一个村子都是如此，我身上头上的花插满了。”赵绍闻记录了离开朝鲜回国时的情景，“天真的小朋友直到白发苍苍的阿妈妮都捧着鲜花来欢送我们”，“这是朝鲜的礼，这是友谊永不断。在平壤等地，我们互相签字、赠礼、联欢。”

习近平总书记在纪念中国人民志愿军抗美援朝出国作战70周年大会上的讲话中指出，在波澜壮阔的抗美援朝战争中，英雄的中国人民志愿军始终发扬祖国和人民利益高于一切、为了祖国和民族的尊严而奋不顾身的爱国主义精神，英勇顽强、舍生忘死的革命英雄主义精神，不畏艰难困苦、始终保持高昂士气的革命乐观主义精神，为完成祖国和人民赋予的使命、慷慨奉献自己一切的革命忠诚精神，为了人类和平与正义事业而奋斗的国际主义精神，锻造了伟大抗美援朝精神。志愿军家书，字字句句、感人肺腑、震撼心灵，是抗美援朝战争历史的记录，是英雄儿女的心声，是伟大抗美援朝精神的生动体现，是中华民族宝贵的精神财富。

70年过去，山河无恙、家国安宁，深情永在、精神永恒。伟大抗美援朝精神跨越时空、历久弥新，激励着中华儿女为全面建设社会主义现代化国家、全面推进中华民族伟大复兴而团结奋斗。

2023年10月

目录

保卫祖国是我们的责任！

喻求清致妻书（1950 年 11 月 25 日）

喻求清（1913—1951）

湖南平江人。1930 年参加革命，并加入中国共产党。土地革命战争时期，参加湘鄂苏区历次反"围剿"作战，坚持南方三年游击战争。全民族抗战爆发后，以新四军工作人员身份驻平江嘉义镇，遵照党的指示，创办学校，开展抗日救国教育活动。1938 年带领进步青年参加新四军，开赴江南抗日前线。1941 年皖南事变中身负重伤。伤愈后加入新四军第 6 师 16 旅 47 团，参加"黄金山三战三捷"战斗。解放战争期间，曾任解放军第 20 军后勤部部长。1950 年参加中国人民志愿军入朝作战，任志愿军第 20 军后勤部部长，参加了第二、第五次战役。1951 年 5 月 13 日晚，在执行任务时身负重伤，经抢救无效光荣牺牲，时年 38 岁。

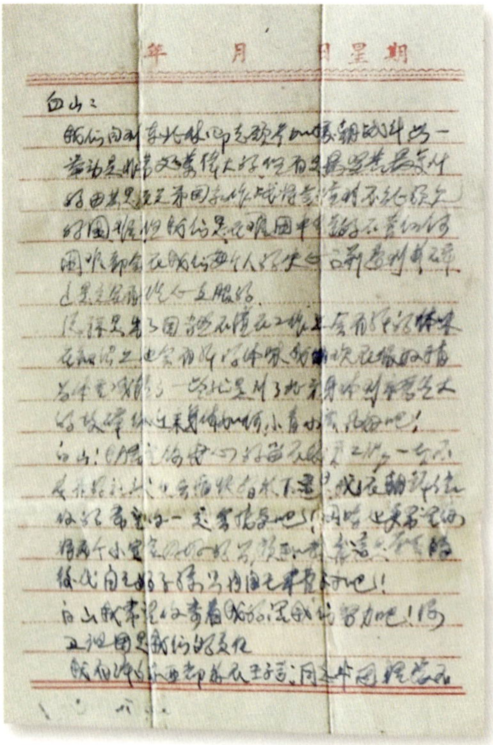

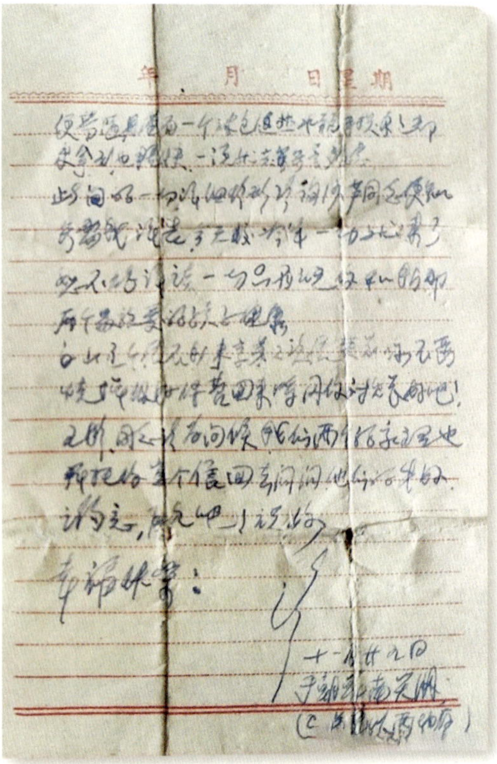

家书原文

白山：

我们自到东北后即志愿参加援朝战斗，此一举动是非常光荣伟大的，但又是最艰苦最复杂的。由（尤）其是在远离国家作战将会碰到不能预见的困难，但我们是在困难中成长的，不管任何困难都会在我们每个人的决心面前遭到粉碎，这是完全有信心克服的。

总算是出了国，当然不仅在工作上会有新的体味，在知识上也会有新的体味。我现在很好，稍为（微）体重减轻了一些，就是到了北方，身体倒未发生大的故障，你近来身体如何？小青小冈还好吧！

白山！希望你安心的留在后方工作，一切不应有的想法也去痛快的放下，这是我在朝鲜给你的希望，你一定会接受吧！同时也希望你将两个小宝宝好好照顾和教育，这是革命的后代，自己的小孩，只有自己来管对吧！

白山我希望你寄（记）着我的话，我们努力吧！保卫祖国是我们的责任！

我有许多东西都放在王斌同志处，因物资不便带，随身仅有一个被包，连热水瓶、手提皮包都未拿到，也轻快，一说就走，毫无顾虑。

此间的一切详细情形，请询沙芦同志便知，无需我详告。今天较冷，笔一动就冻了，恕不能详谈。一切只有望你和我们两个最亲爱的孩子健康。

白山，这个信在我未写第二次信来前你不要烧掉，很好保管！回来时，同你讨账好吧！王彤同志请为问候，我们两个的家里也拜托你写个信回去问问他们的安好。

请勿忘，再见吧，祝你幸福快乐！

清

十一月二十五日于朝鲜南关湖

（即长津以西地区）

家书诵读

家书故事

1950年10月，喻求清所在的志愿军第9兵团第20军奉命开赴东北，11月7日入朝参战。此时，长津湖战役一触即发，后勤供给成为志愿军遇到的巨大难题。当时部队物资极度匮乏，一件单薄的棉衣和一盒压缩干粮都是奢求。由于美军飞机轰炸和远程炮火封锁，军需补给从后方送抵前线战士手中，可谓千难万险，有不少战士，都是在搬运物资的路上被炸牺牲的。

“要送，要送，不管花多大代价，一定要送！”时任20军后勤部部长的喻求清费尽心思，殚精竭虑，冒着敌机轰炸带头运送物资。

11月25日，在长津湖以西的南关湖，部队作短暂休整，喻求清给妻子写下了这封家书。

喻求清的妻子叫白山，1939年从上海辗转常熟参加新四军江南指挥部所辖的江南抗日义勇军，在后方医院工作。后因部队转移，她和一部分医院同志在常熟一带治疗和保护伤病员。喻求清作战负伤到后方医院医治，两人由相知到相爱，结为革命伴侣。此时，白山在20军山东曲阜留守处任医疗队副队长，身边带着年幼的女儿喻小青和还没有断奶的儿子喻小冈。

◇ 喻求清与妻子白山、女儿喻小青。

喻求清在家书中写道："我们自到东北后即志愿参加朝鲜战斗，此一举动是非常光荣伟大的。但又是最艰苦最复杂的，由其是在远离国家作战将会碰到不能预见的困难，但我们是在困难中成长的，不管任何的困难都会在我们的决心面前遭到粉碎。这是完全有信心克服的。""同时也希望你将两个小宝宝好好照顾和教育，这是革命的后代，自己的小孩，只有自己来管对吧！"

他还特别深情地叮嘱妻子："白山我希望你记着我的话，我们努力吧！保卫祖国是我们的责任！""一切只有望你和我们两个最亲爱的孩子健康。"

◇ 1950年12月，长津湖战役胜利后，中国人民志愿军第20军59师侦察队与朝鲜人民军战士会师。

1951 年 4 月 22 日，抗美援朝第五次战役打响，20 军参加作战。4 月 30 日，正当志愿军回撤之际，以美国为首的“联合国军”趁机开始了大规模的反击，一时间战役的局势急转而下。

5 月 13 日夜，喻求清在副军长廖政国处明确了第二阶段的任务。打仗就是打后勤，无论如何，必须让战士们枪里有弹，肚子里有粮，急着回去布置任务的喻求清，决定连夜驱车返回后勤部宿营地。当时，20 军后勤部宿营地在竹谷里，这一带曾被“联合国军”占领过，其撤离之前埋下了大量的地雷。廖政国叮嘱喻求清：“小心地雷！”返回路上，他们碰到了志愿军后勤部四分部，四分部的首长也提醒他：“路上不时有地雷炸响。”跟随喻求清的驾驶员一路小心翼翼，时刻紧盯路面状况，唯恐有失。可是就当车子进入山岭小公路时，还是意外触发了一枚地雷，警卫员当场牺牲，喻求清的臀部被炸开了一尺多长的口子。

革命烈士证明书

喻求清同志 在抗美援朝战争中 壮烈牺牲，经批准为革命烈士，特发此证，以资褒扬。

中华人民共和国民政部
一九八三年 月 一日

◇ 喻求清的革命烈士证明书。

喻求清虽经救治但因伤势过重，于当夜 11 时左右牺牲。他在临终前给妻子和弟弟留下遗言：“请转告我的妻子白山和弟弟悌清，上海分别又是一年，今我不幸身负重伤，万一我死了，你们不要悲伤难过，我生为革命战斗已二十余年，死为抗美援朝、保家卫国而死，死得其所。”

张栓中

不消灭或赶走美帝决不出朝鲜

吴书致妻书（1950 年 12 月 7 日）

吴书（1916—1951）

江苏灌南人。曾在家乡任小学校长。1937 年全民族抗战爆发后参加抗战。1939 年 2 月加入中国共产党，历任八路军山东纵队陇海南进游击支队 3 团 2 营教导员、灌云县委书记、滨海大队政委、新四军 3 师独立旅 2 团政委。解放战争中，先后参加辽沈战役和平津战役等。1947 年，任中国人民解放军 39 军 117 师政治部主任。1950 年 10 月，随军赴朝参战，任中国人民志愿军步兵第 117 师政治部主任。1951 年 2 月 10 日，第四次战役中，他率领部队穿插敌后作战，遭敌人空袭，壮烈牺牲，时年 35 岁。

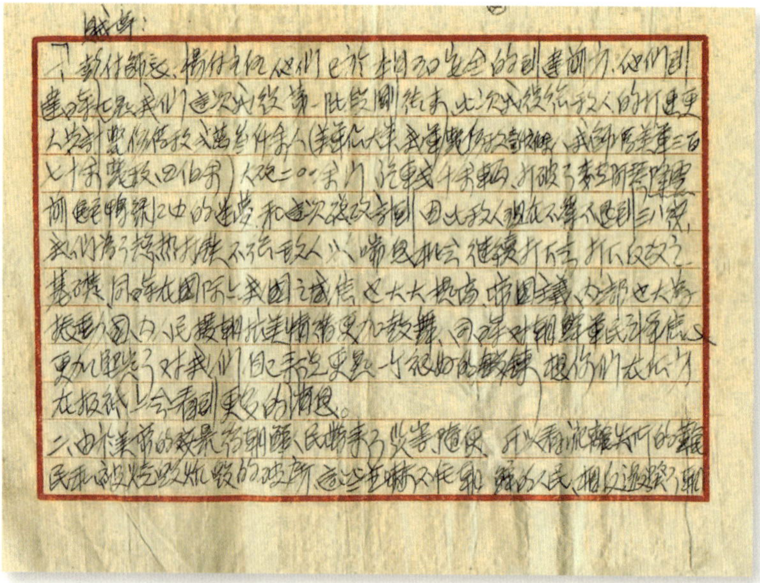

敏哥：

一、关于部队，报告你们已经增加了完全的到达前方。他们到达的第七天，我们这次战役第一批战斗结束。此次战役给敌人的打击更大，歼灭俘敌共万余人（美军伤亡大半，[illegible]、我部歼美军三百七十余，俘敌四百余）。缴获二〇〇余门，汽车数千余辆，打破了美帝所吹嘘的[illegible]防线的进攻，和这次战役的胜利，因此敌人现在不得不退到三八线，我们消灭了[illegible]不给敌人以喘息机会，继续打下去，打下[illegible]之基础。同时在国际上我国之威信也大大提高，帝国主义内部也大大动摇，国内人民援朝抗美情绪更加鼓舞，同时对朝鲜军民之信念更加坚定了，对我们自己来说更是一个很好的锻炼。想你们在近日在报纸上会看到更多的消息。

二、由于美帝的轰炸给朝鲜人民带来了灾害、随便[illegible]以看到流离失所的难民和被破坏、烧毁、炸毁的房屋，这些不但[illegible]朝鲜的人民，相反激起了朝

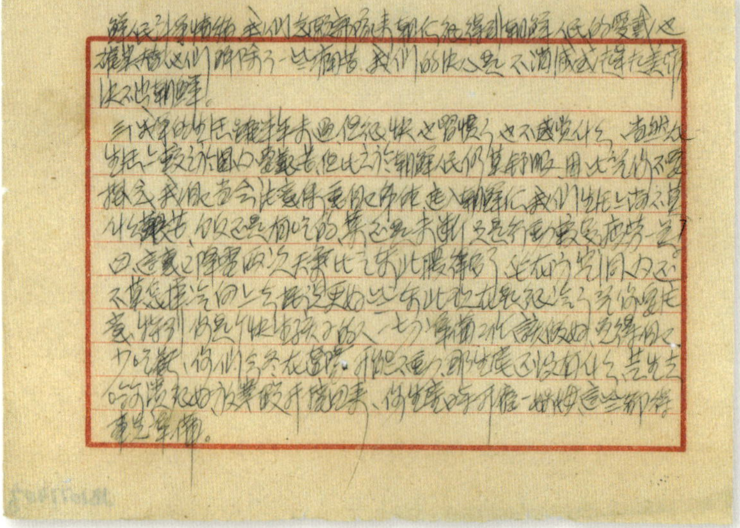

鲜人民之仇恨情绪。我们志愿军来朝后很得到朝鲜人民的爱戴，也提出替他们解除了一些痛苦。我们的决心是不消灭敌人，美帝决不出朝鲜。

三、战争的生活虽然辛苦，但很快也习惯了，也不感觉什么。当然生活上较之于国内要艰苦，但比之于朝鲜人民算舒服。因此请你们不要挂念，我自己当会注意保重自己身体。进入朝鲜后，我们生活上并不算什么艰苦，饭还是有吃的，菜也是未断，又是行军、[illegible]，因这里已降雪两次，天气比之前比暖得多了，[illegible]不算[illegible]汽车上去[illegible]更好些，[illegible]注意。特别你是个快生孩子的人，[illegible]多吃些。你们今冬在[illegible]那边还没有什么[illegible]生孩子[illegible]。

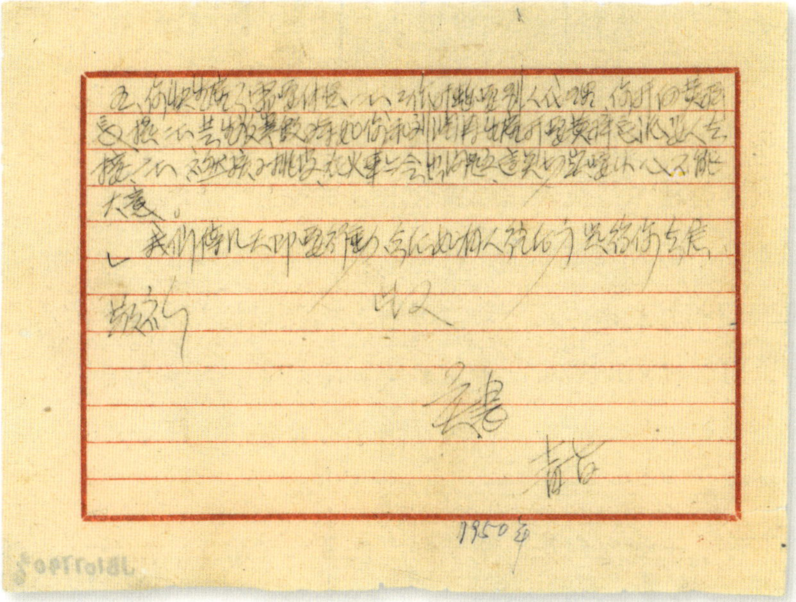

大意。

此致

敬礼

1950年

家书原文

赋亭：

一、彭付（副）师长、杨付（副）主任他们已于本月五日安全的到达前方，他们到达时正是我们这次战役第一阶段刚结束。此次战役给敌人的打击更大，共计毙伤俘敌贰万叁仟余人（美军占大半，我军毙伤敌壹仟六佰余人，我师俘美军三百七十余毙敌四佰余），大炮二〇〇余门，汽车贰千余辆，打破了麦克阿瑟降雪前进至鸭绿江边的迷梦和这次总攻计划，因此敌人现在不得不退到三八线。我们为了趁热打铁不给敌人以喘息机会，继续打下去，打下反攻之基础。同时在国际上，我国之威信也大大提高，帝国主义内部也大为振（震）动。国内人民援朝抗美情绪更加鼓舞，同时对朝鲜军民斗争信心更加坚定了。对我们自己来说更是一个很好的锻炼，想你们在后方在报纸上会看到更多的消息。

二、由于美帝的残暴，给朝鲜人民带来了灾害，随便可以看（见）流离失所的难民和被烧毁炸毁的破房。这些并吓不住朝鲜的人民，相反激发了朝鲜人民斗争情绪。我们志愿部队来朝后，很得到朝鲜人民的爱戴，也确实替他们解除了一些痛苦。我们的决心是不消灭或赶走美帝决不出朝鲜。

三、战斗的生活虽半年未过，但很快也习惯了，也不感觉什么，当然在生活上较之于国内要艰苦，但比之于朝鲜人民仍算舒服。因此望你不要挂念，我自己当会注意保重自己身体。进入朝鲜后我们生活上尚不算什么艰苦，饭还是有吃的，菜还是未断，只是行动较多疲劳一点。

四、这里已降雪两次，天气比之东北暖得多了，坐在防空洞内还不算怎样冷，向上去据说更好些。东北现在是很冷了，望你要注意，特别你是个快生孩子的人，一切准备工作该做好，免得自己少吃亏。你们今冬在辽阳可能不动，那生产还没有什么。芸生去哈尔滨很好，放寒假可接回来。你生产时可雇一婡（保）姆，这些都得事先准备。

五、你快生产了需要休息一下，工作可暂要别人代理。你可向黄科长提一下，芸生放寒假时如你和刘润涛生产，可要黄科长派妥人去接一下，不然孩子挑（调）皮在火车上会出问题，这点切实要小心不能大意。

我们停几天即要行动，今后如有人往后方定给你去信。

此致

敬礼！

吴书

十二月七日

家书诵读

家书故事

1950 年 10 月 15 日，吴书所在部队改编为中国人民志愿军步兵第 39 军 117 师，吴书任政治部主任。同日，117 师各部队在驻地举行了出征誓师大会。会后，全师 1.5 万余官兵（除辽阳留守人员外）由辽阳乘火车出发，次日到达宽甸之灌水站（铁路线终端站），下车徒步行军百余华里，于 17 日抵长甸河口集结。该部队是首批跨过鸭绿江、踏上抗美援朝战场的部队之一。

◇ 1950 年 10 月 19 日起，志愿军第 39、40、42、38 军先后从安东、长甸河口、辑安跨过鸭绿江，开赴朝鲜战场。

从 1950 年 10 月 20 日到 1951 年 1 月 19 日，在几个月的作战间隙，吴书给妻子何赋亭写了五封家书。这封家书是其中的第四封。无论战事多么紧张，吴书在信中总是不忘关心妻子的身体、孩子的吃穿。

10 月 20 日，在长甸河口，吴书给妻子写下了第一封家书。“分别了数天觉得有些寂寞，因我们欢聚了七八个月，热热闹闹，这在分别后数天好象也是必然的，今后会慢慢地好了。如果从个人情感上来说，确实有点不好受，但从整个国家利益、党的利益，必需而且要一定克服掉这种个人情感，否则既影响个人情绪和身体健康，更重要的是影响工作。”和所有的军人一样，吴书虽然舍不得妻儿，但在保家卫国的重大时刻，毅然选择了离开小家、奔赴战场，而此时的妻子还怀有五六个月的身孕。何赋亭回忆："那时候大儿子都4岁了，老二2岁多，肚子里还怀孕5个月……"

抗战期间，何家七兄妹参加革命，其中就有仅14岁的何赋亭。1950年，何赋亭在117师后方留守处任副指导员，她与吴书两人结婚六年，真正在一起的时间却很少，只能通过书信互诉衷肠。

到达朝鲜战场后，从第一次战役到第二次战役打响前，吴书在战斗间隙给家里又写了两封家书。在信中，他向妻子讲述紧张的战事、当地老百姓的状态和民风民俗等，每封信里，他都要安慰妻子说，自己一切都好，勿念。

◇ 吴书与妻子何赋亭及子女。

1950年12月7日，第二次战役第一阶段刚结束，吴书给妻子写下了这第四封家书。他在信中讲道，由于美帝的残暴，朝鲜战争给朝鲜人民带来的灾难和痛苦，"我们的决心是不消灭或赶走美帝决不出朝鲜"，表达了坚定的必胜信念。吴书担心和惦念临产的妻子，特别叮嘱她要好好休息，做好事先准备，以便安心待产；"你生产时可雇一保姆，这些都得事先准备。

你快生产了需要休息一下，工作可暂要别人代理。”字里行间饱含了他的赤子之心、铁骨柔情。

到 1951 年 1 月，吴书已入朝作战三个月了，在第三次战役结束后休整期间，他于 1 月 19 日给妻子写下了第五封家书，也是他的最后一封家书。信中他再次道出了对妻儿的思念和不舍，更表现出了铁血男儿的忠肝义胆、英雄壮志。“分别了三月内心里在想念你，但由于环境的限制，为了斗争为了党的利益，那只是来克服个人利益，争取歼灭敌人保卫祖国，达到永远的安全吧……”

1951 年 2 月，朝鲜战场揭开了第四次战役的序幕。在横城反击战中，117 师的任务是迅速插到敌军后方，切断敌人逃跑的退路。2 月 10 日夜，部队在龙头里穿过敌人空中封锁线，途中要通过敌人几条封锁线，当通过龙头里交叉公路时，遭到了敌人的空中封锁。敌机先扔下照明弹，把整个黑夜照得如同白天，在发现我军后，疯狂地扔炸弹。部队无法前进，只好就地卧倒。就在卧倒的瞬间，吴书不幸中弹身负重伤，倒在血泊里。战友把吴书抬到朝鲜老百姓家的房子里，在昏暗的灯光下看到他的脸上和胸部多处受重伤，昏迷过去。在场的同志都难过得哭了。后吴书虽经卫生部负责同志和医护人员的全力抢救，终因伤势过重，壮烈牺牲，年仅 35 岁。而此时，他尚未谋面的小女儿才出生 5 天。

张栓中

戴着光荣花回来看你们

邱少云致兄弟书（1951 年 3 月 15 日）

邱少云（1926—1952）

重庆人。出生于一个佃农家庭。14 岁起就先后给地主当长工、四处做苦力，后被国民党军队抓了壮丁，苦难的经历给他留下了难以磨灭的记忆。1949 年参加中国人民解放军，1951 年参加抗美援朝，为志愿军第 15 军 29 师 87 团 3 营 9 连战士。1952 年秋，上甘岭战役 391 高地反击战中，邱少云在潜伏时被敌燃烧弹点燃了棉衣。为确保战斗胜利，他严守战场纪律、始终纹丝不动，任凭烈火烧焦了头发和皮肉，直至壮烈牺牲，献出了 26 岁年轻的生命。中国人民志愿军总部为其追记特等功，授予其“一级英雄”称号。朝鲜民主主义人民共和国授予邱少云“朝鲜民主主义人民共和国英雄”称号和一级国旗勋章、金星奖章。1953 年 8 月 30 日，邱少云被追认为中国共产党党员。

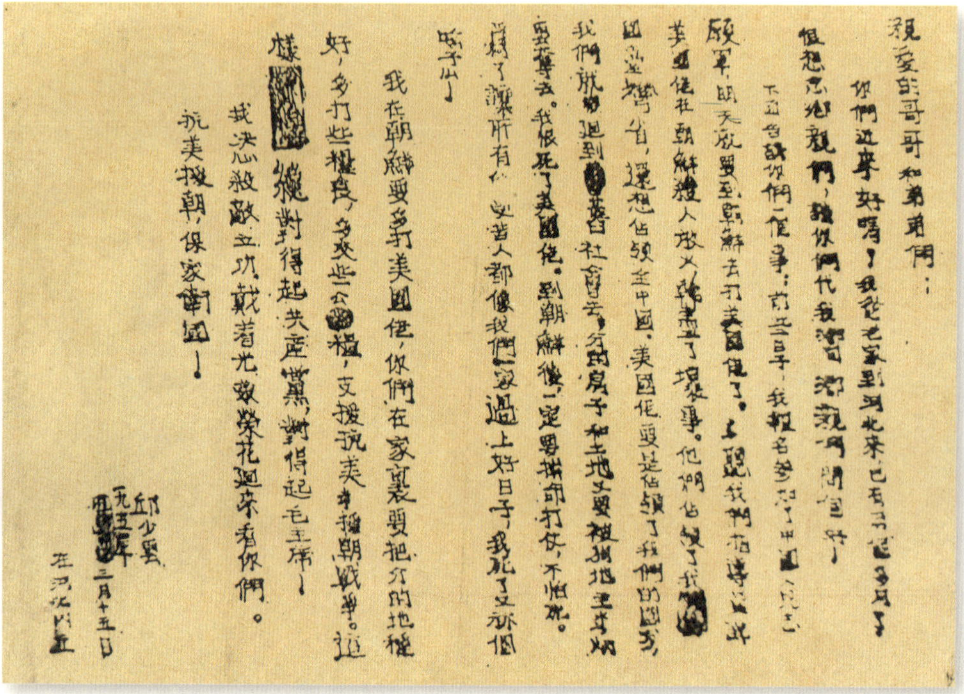

親愛的哥哥和弟弟們：

你們近來好嗎？我從老家到河北來已有兩個多月了，很想念鄉親們，請你們代我問[illegible]鄉親們問個好！

下面告訴你們一件事：前些日子，我報名參加了中國人民志願軍，明天就要到朝鮮去打美國佬了。我聽我們指導員說，美國佬在朝鮮殺人放火，幹盡了壞事。他們佔領了我[illegible]國的台灣省，還想佔領全中國。美國佬要是佔領了我們的國家，我們就[illegible]回到[illegible]舊社會去，分的房子和土地又要被狗地主奪回去。我恨死了美國佬。到朝鮮後，一定要拼命打仗，不怕死。為了讓所有的受苦人都像我們一家過上好日子，我死了又算個啥子！

我在朝鮮要多打美國佬，你們在家裏要把分的地種好，多打些糧食，多交些公[illegible]糧，支援抗美援朝戰爭。這樣[illegible]纔對得起共產黨，對得起毛主席！

我決心殺敵立功，戴着光榮花回來看你們。

抗美援朝，保家衛國！

邱少雲

一九五一年三月十五日

在河北[illegible]

家书原文

亲爱的哥哥和弟弟们：

你们近来好吗？我从老家到河北来，已有两个多月了。很想念乡亲们，请你们代我向乡亲们问个好！

下面告诉你们一个事：前些日子，我报名参加了中国人民志愿军，明天就要到朝鲜去打美国佬了。听我们指导员说，美国佬在朝鲜杀人放火干尽了坏事。他们占领了我国台湾省，还想占领全中国。美国佬要是占领了我们的国家，我们就回到旧社会去，分的房子和土地又要被狗地主李炳云夺去。我恨死了美国佬。到朝鲜后，一定要拼命打仗，不怕死。为了让所有的受苦人都像我们一家过上好日子，我死了又算个啥子么！

我在朝鲜要多打美国佬，你们在家里要把分的地种好。多打些粮食，多交些公粮，支援抗美援朝战争。这样才对得起共产党，对得起毛主席！

我决心杀敌立功，戴着光荣花回来看你们。

抗美援朝，保家卫国！

邱少云

一九五一年三月十五日在河北内丘

家书诵读

家书故事

这是邱少云烈士写给哥哥和弟弟们的一封家书。写这封信时，邱少云正随部队驻扎在河北内丘，马上就要奔赴抗美援朝的战场。

邱少云 1926 年出生于四川省铜梁县（今重庆市铜梁区）一个贫苦农民家庭。他 9 岁时，拉纤的父亲因为为纤夫们讨薪而被雇主害死。13 岁那年，母亲也离开了人世。他不得不领着三弟，背着四弟出去要饭，四处流浪，受尽了欺凌和白眼。他做过小工，帮地主推磨，给商人挑盐巴，给饭馆挑水。后来，邱少云被国民党抓了壮丁，在旧军队受尽折磨。1949 年 12 月在成都战役中，邱少云随部队起义，被编入人民解放军，在人民军队这座大熔炉里，经受了严格的政治教育、军事训练，完成了从旧社会被压迫者向革命战士的转变。不仅如此，解放后，家乡的哥哥和弟弟们也分得了土地和房子，翻身过上了好日子。

亲身感受到新旧社会的强烈对比，令邱少云对企图使朝鲜和中国人民退回到旧社会的美帝国主义充满了仇恨，他在信中说："我恨死了美国佬。到朝鲜后，一定要拼命打仗，不怕死。为了让所有的受苦人都像我们一家过上好日子，我死了又算个啥子么！"他鼓励兄弟们在家里多打粮食，多交公粮，支援抗美援朝。至于他自己，则要在朝鲜多打美国佬，杀敌立功，"戴着光荣花回来看你们"。

写下这封信两天后，邱少云即随部队奔赴朝鲜战场。1952 年 10 月，上甘岭战役打响。邱少云所在部队承担了攻击 391 高地的任务。391 高地下有 3000 米宽的开阔地，为了缩短冲击距离，避免重大伤亡，部队决定提前一天潜伏。

10 月 11 日晚，邱少云和 500 多名战友潜伏在距离敌人阵地只有几十米远的草丛中。次日中午，敌人发射燃烧弹，其中一枚落在邱少云身边，引燃了他身上伪装的草丛和棉衣。邱少云只要就地打几个滚，就可以把身上的火扑灭。然而，这样就会暴露目标，整个战斗部署将前功尽弃，500 多位战友将面临巨大的危险。邱少云强忍烈火烧灼之痛，以超常的毅力，伏在地上纹丝不动，直到最后一息，也没挪动一寸地方，没发出一声呻吟。邱少云的战友在一旁看到他被烈火吞噬，心如刀绞，默默流下泪水。

黄昏时分，战斗打响，战士们高喊："为邱少云同志报仇！"向 391 高地发起冲击，不到半个小时就攻占了高地，全歼守敌，使我军的战线往南推进，为上甘岭战役取得了有利态势。战斗胜利结束后，战友们找到了邱少云的遗体。烧焦的遗体蜷缩着，身上的军衣及胶鞋几乎全被烧光，仅剩巴掌大的军衣残片。全身唯一没被烧焦的，只有他插进泥土里的一双手。

参加潜伏任务前，邱少云曾递交入党申请书："宁愿自己牺牲，决不暴露目标。为了整体，为了胜利，为了中朝人民和全人类的解放事业，愿献出自己的一切。"邱少云以坚强的革命意志，践行了自己的誓言。战后，邱少云被追认为中国共产党党员，追记特等功，追授"一级英雄"称号，同时被朝鲜民主主义人民共和国授予"朝鲜民主主义人民共和国英雄"称号和一级国旗勋章、金星奖章。在邱少云牺牲的 391 高地，筑立起一座高高的石壁，上面镌刻着一行醒目的红漆大字："为整体、为胜利而自我牺牲的伟大战士邱少云同志永垂不朽！"伟大的精神不朽，英雄在烈火中永生。

◇ 邱少云牺牲时被烧焦的棉衣片。

李良

抗美援朝是唯一无二的神圣任务

牟敦康致父书（1951年8、9月间）

牟敦康（1928—1951）

山东日照人。14岁参加抗战，1946年进入东北民主联军航空学校，是人民军队培养的首批飞行员。1948年加入中国共产党。1951年10月参加抗美援朝作战，后任中国人民志愿军空3师7团3大队大队长，率队击落击伤多架敌机。11月30日，牟敦康驾机掩护我轰炸机群，在与敌机的搏斗中坠海牺牲，被追记一等功。

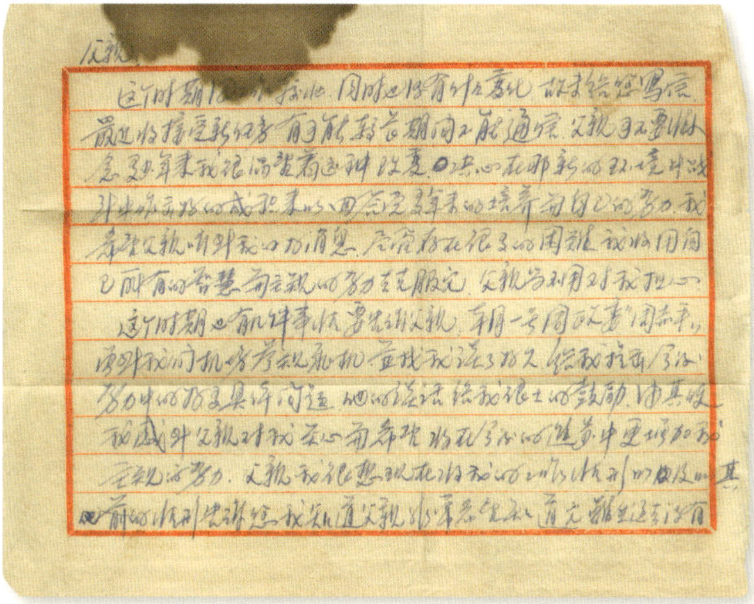

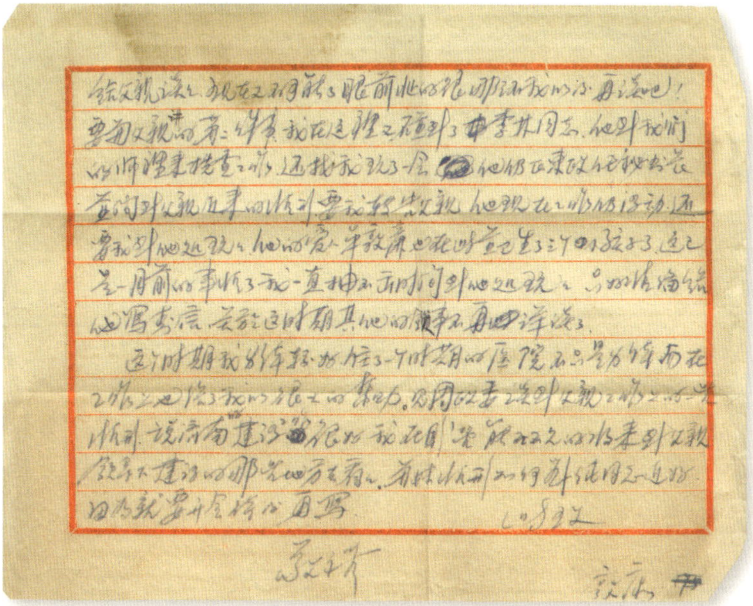

家书原文

父亲：

这个时期因工作较忙，同时也没有什么变化，故未给您写信。最近将接受新任务，有可能较长期间不能通信，父亲可不要挂念。多少年来我很渴望着这种改变，决心在那新的环境中、战斗中作出好的成积（绩）来，以回答党多年来的培养与自己的努力，我希望父亲听到我的好消息。尽管存在很多的困难，我将用自己所有的智慧与主观的努力去克服它，父亲当不用对我担心。

这个时期也有几件事情要告诉父亲。本月一号周政委"周赤平（萍）"曾到我们机场参观飞机，并找我谈了好久，给我提出今后努力中的好多具体问题。他的谈话给我很大的鼓励，由（尤）其使我感到父亲对我关心与希望，将在今后的进步中，更增加我主观的努力。父亲，我很想现在将我的工作情形以及其他的情形告诉您，我知道父亲非常希望知道它，虽然过去没有给父亲谈谈，现在又不可能了。眼前忙的很，那让我以后再谈吧！

要与父亲讲的第二件事，我在这里又碰到了李林同志。他到我们的师里来检查工作，还找我玩了一会（儿）。他仍在东政任秘书长，并问到父亲近来的情形，要我转告父亲，他现在工作仍没动，还要我到他处玩玩。他的爱人牟敦廉也在此，并已生了三个孩子了。这已是一月前的事情了，我一直抽不出时间到他处玩玩，只好准备给他写封信。关于这时期其他的琐事，不再详谈了。

这个时期我身体较好。住了一个时期的医院，不只是身体，而在工作上也给了我以很大的帮助。见周政委谈到父亲工作上的一些情形，说济南的建设工作很好，我在盼望能在不久的将来到父亲领导下建设的那些地方去看看。弟妹情形如何？刘纯同志近好？因为就要开会，待后再写。此致

敬礼！

敦康（1951 年）

家书诵读

家书故事

牟敦康是人民军队培养的第一批飞行员，这封信是 1951 年八九月间他即将奔赴朝鲜战场为国杀敌时写给父亲牟宜之的。

牟宜之，1909 年生，1925 年加入中国共产主义青年团，1932 年参加日照暴动，后东渡日本留学，回国后任山东日报社社长兼总编。全民族抗战爆发后，牟宜之先后在西安、武汉、重庆从事统战工作，后被派往延安学习。1941 年春，被选为山东沂蒙专署专员。1946 年 5 月，奉调东北，先后担任辽东军区司令部秘书长和政治部联络部长。东北解放后，牟宜之与国民党北平市市长何思源进行秘密接触，促进了北平和平解放。新中国成立后，牟宜之曾在北京市、济南市、林业部、城市建设部工作。牟宜之不仅是一位革命家，还是一位才华横溢的著名诗人。

◇ 1948 年 11 月，牟敦康（后站立者）与父亲牟宜之、继母刘纯等在沈阳合影。

牟敦康生于 1928 年，14 岁时随父亲在沂蒙抗日根据地读书，16 岁进抗大一分校学习。牟敦康与父亲有深厚的感情，是在父亲引导下走上革命道路的。牟敦康 1946 年进入东北民主联军航空学校（即“东北老航校”）第一期学习。1948 年加入中国共产党。同年，牟敦康以优异成绩毕业，成为人民军队培养的首批飞行员。

1950 年 10 月，抗美援朝战争开始后，中国人民志愿军只有地面部队。美军飞机肆意轰炸志愿军的阵地和运输补给线，给志愿军造成了极大伤亡和严重补给困难。为了支援地面作战，国家决定组建志愿军空军，飞行技术过硬的牟敦康被任命为空 3 师 7 团 3 大队大队长。

战场上是要拼真本事的。人民空军起步晚，飞行员的平均飞行训练时间只有 200 多小时，基本没有实战经验。而美军大部分飞行员参加过第二次世界大战，有丰富的实战经验，飞行时间达到数千小时。纵然牟敦康已经是国内飞行员中的佼佼者，但是与强敌相比，却仍是个稚嫩的新手。

面对强大的敌人，年轻的人民空军飞行员毫不畏惧。牟敦康和战友们迎难而上，刻苦钻研飞行技术和空战战术，珍惜每一次训练机会，快速磨炼自己，飞速地成长。

牟宜之非常挂念儿子，更为牟敦康的成长感到欣慰和骄傲。1951 年 4 月，牟宜之在信中鼓励牟敦康：“当祖国需要我们的时候，不必考虑任何问题。今天的抗美援朝就是你唯一无二的神圣工作、神圣任务！我鼓励你全力以赴，作为我的好儿子，作为人民的好儿子，你可努力为之！”

牟敦康渴望在蓝天上驰骋杀敌，为国立功。1951 年八九月间，牟敦康在紧张的训练之余，给父亲写了这封家书。信中说："最近将接受新任务，有可能较长期间不能通信。父亲可不要挂念。多少年来我很渴望着这种改变，决心在那新的环境中、战斗中作出好的成绩来，以回答党多年来的培养与自己的努力，我希望父亲听到我的好消息。尽管存在很多的困难，我将用自己所有的智慧与主观的努力去克服它，父亲当不用对我担心。"

1951 年 10 月 21 日，牟敦康随空 3 师进抵鸭绿江边的安东（今丹东）浪头机场。11 月 4 日，空 3 师首次升空作战。牟敦康率领第 3 大队进至顺川上空时，发现多架美机正在 4000 米高度向南飞行，他立即率领编队占据高度优势，突然展开攻击，一举击落敌机 2 架，击伤 1 架。后来，他率领第 3 大队多次击落击伤敌机，在与世界空中霸主的较量中经受住了考验。

11 月 30 日下午，我志愿军向敌大和岛发起攻击，牟敦康率队担负掩护我轰炸机群的任务。在与敌机的搏斗中，牟敦康不幸坠海牺牲，生命永远定格在 23 岁。

牟敦康曾在日记中写道："战争是免不了要死人的，我要在不断的胜利中看到最后的胜利。"遗憾的是，他没有看到最后的胜利，也不能如在信中所盼望的那样到父亲参与建设的那些地方去看看了，但是他牺牲在"唯一无二的神圣任务"——抗美援朝这一伟大事业中，为国捐躯、死得其所，无愧于党和祖国，无愧于人民，无愧于他所敬重的父亲。著名作家魏巍根据牟敦康的英雄事迹，创作了报告文学《长空怒风》。

李良

你望我当英雄，我望你争取入党称模范

鹿鸣坤致女友书（1951 年 9 月 21 日）

鹿鸣坤（1929—1951）

山东莱西人。1943 年参军，历任战士、班长、排长、政治指导员，1948 年加入中国共产党。1949 年到航校学习，毕业后被分配到中国人民解放军空军第 2 师 6 团。1951 年 10 月参加抗美援朝战争，任中国人民志愿军空 2 师 6 团 3 大队副大队长。鹿鸣坤在战斗中表现勇敢机智，服从命令听指挥。同年 12 月一次空战中，年仅 22 岁的鹿鸣坤血染长空，牺牲在战场上。

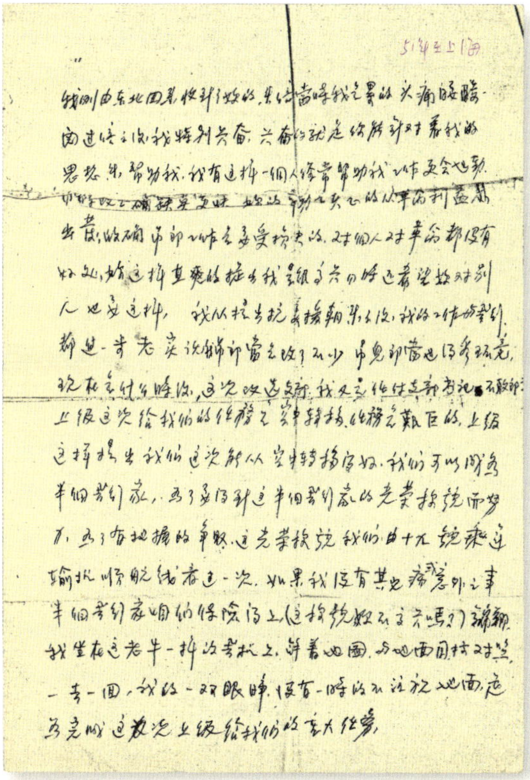

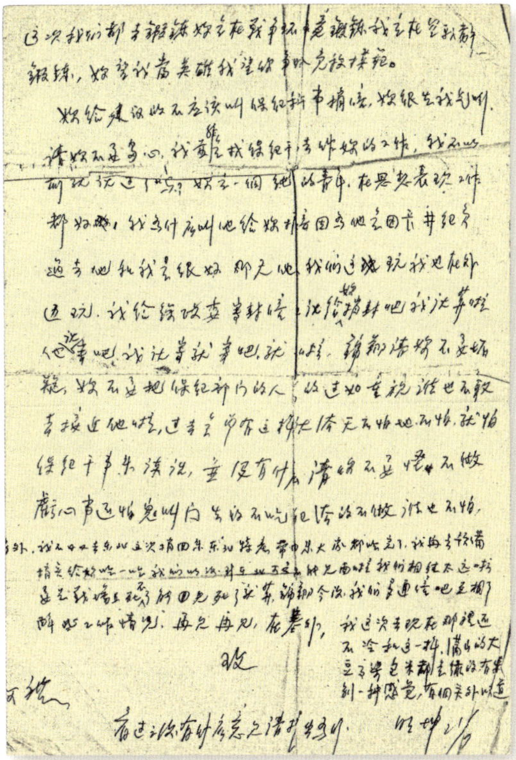

家书原文

（锦翔）：

我刚由东北回来，收到了你的来信，当时我是累的头痛腰酸。阅过信之后，我特别兴奋，兴奋的就是你能针对着我的思想来帮助我。我有这样一个人经常帮助我，工作更会起劲，同时改正缺点更快。你的帮助是真正的从革命利益出发。的确，吊（儿）郎（当）工作是要受损失的，对个人、对革命都没有好处，你这样直爽的提出，我是很高兴，同时还希望你对别人也要这样。我从提出抗美援朝来之后，我的工作与飞行都进一步。老实说，我吊（儿）郎当是改了不少，吊儿郎当也得看环竟（境），现在是什么时后（候）。这次改选支部，我又是任付（副）支部书记，不敢郎当。上级这次给我们的任务是空中转移，任务是艰巨的。上级这样提出我们这次能从空中转移良好，我们可以成为半个飞行家。为了要得到这半个飞行家的光荣称号而努力，为了有把握的争取这光荣称号，我们由十九号乘运输机顺航线看过一次，如果我没有其他病或意外之事，半个飞行家咱们保险得上（这称号你不高兴吗？）。锦翔，我坐在这老牛一样的飞机上，拿着地图与地面目标对照，一去一回，我的一双眼睛没有一时的不注视地面，是为完成这次上级给我们的重大任务。

这次我们都去锻炼，你是在战争环境锻炼，我是在空战当中锻炼，你望我当英雄，我望你争取入党称模范。

你给建议的不应该叫保纪科干事捎信，你很生我气啊？请你不要多心，我并非是找保纪干事去作（做）你的工作，我不以前就说过了吗？你是一个纯的青年，在思想表现工作都好。我为什么叫他给你捎信，因为他是团长井（警）纪员，过去他和我是很好。那天他（来）我们这玩，我也在外边玩，我给徐政委寄封信，（他）说给你捎封吧，我说算啦，他说寄吧，我说寄就寄吧，就（寄）啦。锦翔，请你不要怀疑，你不要把保纪部门的人，看得过如（于）重视，谁也不敢去接近他啦。过去是曾有这样的说法：天不怕地不怕，就怕保纪干事来谈话，并没有什么，请你不要怪。不做亏心事还怕鬼叫门？生的不吃，犯法的不做，谁也不怕。

另外，我正好又去东北，这次捎回来东北特产带回来大家都吃完了，我再去预备捎点，给你吃一吃。我们以后到东北可是不能见面啦，我们相距太远啦，要是战场上死不了，能回见，死了就算。锦翔，今后我们多通信吧，互相了解些工作情况，再见，再见！在塞外，我这次去，现在那里还不冷，和这一样，满山的大豆高粱包（苞）米都是绿的，有特别一种感觉，有个关外味道。

致

敬礼！

看过之后有什么意见，请提出为盼。

明（鸣）坤 21/9

家书诵读

家书故事

◇ 鹿鸣坤的女友朱锦翔，摄于1951年。

这封信，是志愿军空2师6团3大队副大队长鹿鸣坤在入朝作战前夕，写给女友朱锦翔的。

1950年6月，朝鲜战争全面爆发。9月15日，美远东空军出动上千架次飞机侵扰我国领空。我国的领土主权和人民的生命安全受到严重威胁。广大官兵义愤填膺，纷纷要求参战。“部队一定要参战，我们一定要参战”，这也是鹿鸣坤和朱锦翔的想法。经组织批准后，1951年，22岁的鹿鸣坤成为抗美援朝战争中的一名飞行员，18岁的朱锦翔成为前线参战通讯队的唯一一名会计。

他们的爱情故事，始于1951年的上海。他们同在中国人民解放军空2师。第一次见面，高大帅气、性格直爽的山东汉子鹿鸣坤，就让朱锦翔一见倾心，完全符合她对“蓝天英雄”的梦想。很快经组织批准，他们确立了恋爱关系。

奔赴战场前，这对恋人在上海程家桥高尔夫球场道别。那天，他们俩坐在球场边的一块高地上聊天，话题始终围绕赴朝作战。“这次参战，也许成英雄，也许牺牲了。”鹿鸣坤语气平静，双眼凝视着远方的天空。听到“牺牲”两个字时，朱锦翔急切地打断他：“怎么会呢？不会的，我们一定能凯旋！”临别时，鹿鸣坤叮嘱朱锦翔：“到了前线，我给你写信，你要回呀！”朱锦翔轻轻点了点头，两个年轻人的目光交织在一起，灼热而坚定。

在炮火纷飞的战场上，朱锦翔和鹿鸣坤一有时间就会给对方写信，这也成了两人心灵和情感沟通的唯一方式。这天，鹿鸣坤写于9月21日的这封信件，夹杂着硝烟的味道，来到了朱锦翔手中。

“我从提出抗美援朝来之后，我的工作与飞行都进一步……”鹿鸣坤抑制不住心中的喜悦，向女友汇报着自己的进步。

“锦翔，我坐在这老牛一样的飞机上，拿着地图与地面目标对照，一去一回，我的一双眼睛没有一时的不注视地面，是为完成这次上级给我们的重大任务。这次我们都去锻炼，你是在战争环境锻炼，我是在空战当中锻炼，你望我当英雄，我望你争取入党称模范。”鹿鸣坤饱满的战斗精神，深深感染着朱锦翔。

“我们以后到东北可是不能见面啦，我们相距太远啦。要是战场上死不了，能回见，死了就算。”“锦翔，今后我们多通信吧，互相了解些工作情况，再见再见！”鹿鸣坤何尝不知，与女友这一别，可能就是再也不见，无尽的牵挂和相思只能在书信中互诉衷肠。

“现在那里还不冷……满山的大豆高粱苞米都是绿的，有特别一种感觉，有个关外味道。”多少忠魂埋他乡，何惜百死报家国。字里行间洋溢着一种不怕牺牲的崇高革命乐观主义精神。

朱锦翔没有想到，仅仅三个月后，竟会收到鹿鸣坤牺牲在一次空战中的噩耗，而这封让她心中一直鼓荡着血与火的浪漫书信，竟是爱人留给自己的绝笔！

在抗美援朝期间，空2师飞行部队就驻扎在鸭绿江边的大孤山，随时准备接受空战任务。鹿鸣坤所在的6团驾驶的是米格–15苏式战斗机。由于朝鲜前线飞行人员伤亡很大，为此，上级决定给空2师调防，让他们返回上海继续训练，负责保卫上海领空任务。1951年12月，朱锦翔随空2师师部机关奉命先行撤回。没想到，回到上海没过几天就传来了噩耗：鹿鸣坤在一次空战中不幸牺牲。

虽然明白，是战争就必然有牺牲，但这突如其来的打击，还是让朱锦翔痛彻心扉。她一个人躲起来哭，不吃不喝在床上躺了三天。

如今，已是满头白发的朱锦翔谈起她的初恋男友鹿鸣坤时，仍然是一往情深。朱锦翔说：“这封信是1951年写的，虽然我们的初恋从没有说出过一个‘爱’字，但心中的牵挂与思念一直都在。”她还特别提到，信中所

◇ 鹿鸣坤烈士墓。

写的“你望我当英雄，我望你争取入党称模范”相互勉励的话至今记忆犹新，永难忘怀。

朱锦翔说：“想起牺牲在战场的他，总是难免流泪。幸福来得太不容易了，真的太不容易了，但是如果没有他们这一代人、甚至几代人的牺牲，又怎么能有曾经梦想中幸福的中国。”

朱菡雨

不惧战争　渴望胜利

陈亮致战友书（1951 年 9 月 29 日）

陈亮（1926—1953）

原名陈庆余，山东济南人。1940 年加入中华民族解放先锋队。1943 年 6 月，参加八路军，在鲁中军区警卫团当战士，后任文书。抗日战争胜利后，被派到苏联航空学校学习。1945 年 11 月，加入中国共产党，被选送东北航校学习。1948 年毕业后留校任教，在执教中工作出色，曾荣立一、二等功。1950 年 7 月被调到空军部队工作，历任飞行教练员、团领航主任、大队长、师领航主任、代理团长等职。1950 年 10 月，随部队入朝作战，曾任志愿军空 4 师团长。1953 年 5 月，在与美军飞机空战中光荣牺牲，年仅 27 岁。被空军部队追记二等功，荣获朝鲜民主主义人民共和国授予的二级自由独立勋章。

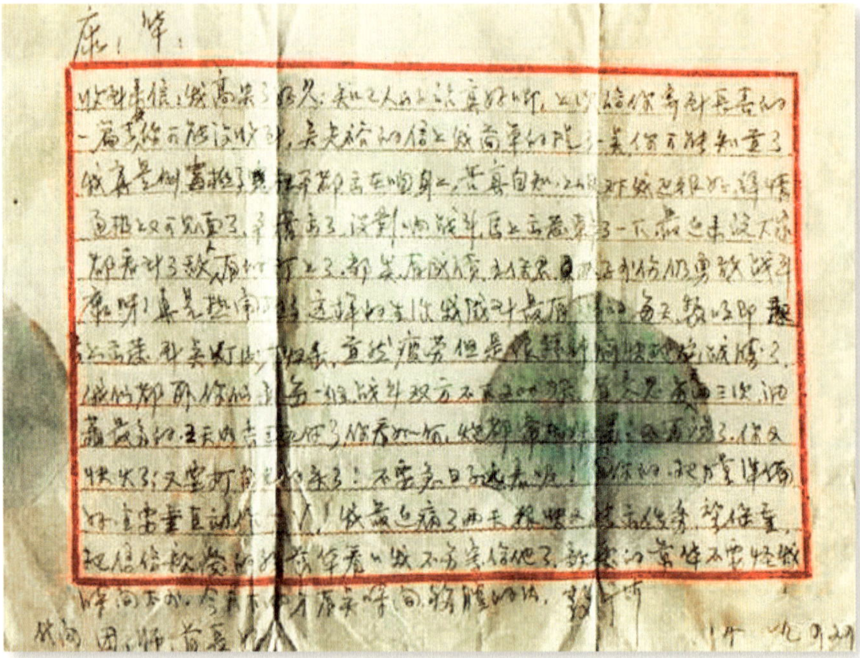

家书原文

康、华（牟敦康、孙景华）：

收到来信，我高兴了好久。知己人的话真好听。上次给你寄到长春的一篇长信你可能没收到，吴光裕的信上我简单的说了一点，你可能知道了……最近来说大家都看到了敌人，有的打上了，邹炎有成绩，王保君机子小伤，仍勇敢战斗。康呀！真是热闹极了，这样的生活我感到最有趣的。每天黎明即起，马上出发，到点灯后才归来，虽然疲劳，但是很精神愉快把它战胜了。我们都盼你们来。每一个战斗，双方不下200架，有意思。每天两三次，油箱最多的五天内丢过五副了，你看如何？炮都常在叫啸。不再说了，你又快火了！又要打自己的头了！不要急，日子远着呢，有你的！把力量准备好，主要垂直动作大V。我最近病了两天，很快又能出任务，望保重。把信给亲爱的孙景华看看，我不另写给他了。亲爱的景华不要怪我，时间太少，今天下雨才有点时间。

敬礼！代问团、师首长好！

陈亮

9.29

家书诵读

家书故事

青年时代的陈亮思想进步，为人正直，面对民族危亡、民不聊生的社会时局，他义愤填膺，立下志愿一定要消灭日寇。在中国共产党的影响和教育下，陈亮积极参加抗日救国革命活动，加入中华民族解放先锋队，组织青少年站岗放哨，传送情报，出色完成组织交给的各项任务。1943 年 6 月，他参加八路军，随部队转战齐鲁大地，与敌人开展顽强斗争。抗战胜利后，组织推荐他到苏联一所航空学校培训学习。他勤奋好学，刻苦钻研，以优异成绩毕业后，进入我军第一支空军部队。

1950 年 6 月，朝鲜战争爆发。同年 10 月，陈亮所在的空 4 师跨过鸭绿江赴朝作战。在抗美援朝战争中，陈亮任团长。在战斗中他沉着果断，积极勇敢，在空军处于敌强我弱、敌众我寡的情况下，指挥和带领部队与敌展开搏斗，给敌人以沉重打击。他 5 次参与空中作战，5 次告捷，先后击落敌机 3 架，曾荣立三等功 3 次、特等功 1 次。

◇ 中国人民志愿军空军。

1951 年 9 月，空 4 师在辽阳休整之际，陈亮复信东北民主联军航空学校（东北老航校）同学牟敦康、孙景华（当时牟敦康和孙景华所在的空 3 师还没有参战），交流见闻体会，互相激励鼓劲。透过这张泛黄且字迹模糊的信笺，可以看出陈亮的革命乐观主义精神和革命英雄主义精神，能够让人感受到年轻飞行员对这场战争充满激情而且毫无畏惧，同时，他们心中的信仰和必胜信念也流露在笔端。

1953 年 5 月 26 日，在敌机封锁机场的情况下，陈亮率 12 架飞机强行起飞，冲进敌混合大机群中，与敌机展开激战。在击落一架敌机后，陈亮驾驶的飞机中弹失控，他被迫跳伞。当降落伞张开缓缓降落时，敌军穷追不舍对其进行射击，这种残暴行径是严重违反日内瓦公约的。陈亮头部不幸被子弹射中，血洒 8000 米长空，流尽了最后一滴血。陈亮牺牲时，距离 7 月签订停战协议仅差两个月时间。

为完成祖国和人民赋予的使命，陈亮英勇战胜敌人，直至献出自己的生命。他短暂的一生闪烁着伟大的爱国主义和国际主义精神，他在蓝天上用生命和鲜血书写了壮志豪情。

赵骄健

奋斗一生　永当好兵

易禄亨致父母书（1951 年 10 月 28 日）

易禄亨（1936—　）

重庆人。1951 年 6 月，随中国人民志愿军入朝参战。1952 年 10 月，在部队参加战备训练时遭敌机轰炸，他跑进村里，从火海中抢救朝鲜群众。他的英雄事迹在《朝鲜人民日报》头版以《烈火炼真钢》为题作了报道，称赞易禄亨是“中国好儿女”。1953 年，易禄亨在金城战役轿岩山进攻中，作为“尖刀班”班长带领 12 名战士炸毁敌人五座暗堡，荣立一等功，并被授予“人民功臣”称号。1954 年加入中国共产党，作为抗美援朝战士代表，在北京受到了毛主席接见。1957 年，易禄亨带伤复员回乡，先后担任了涪陵区百胜镇红花村、大石村、隆兴村党支部书记和隆兴村村委会主任，为让村民过上好日子继续奋斗。

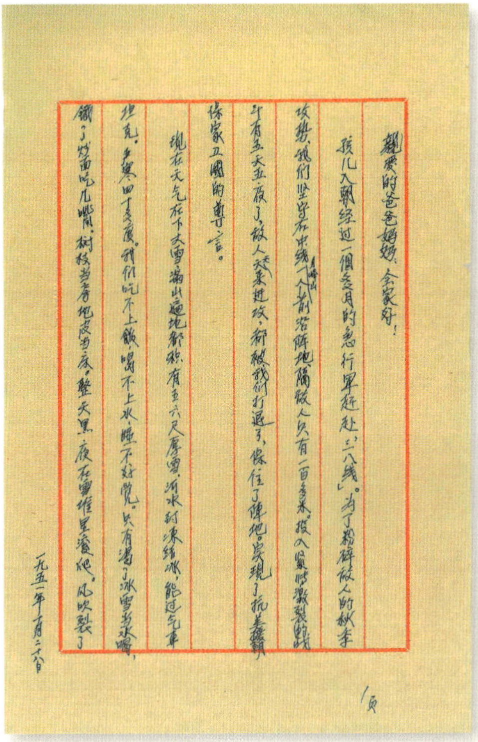

親愛的爸爸媽媽、全家好！

孩儿入朝经过一個多月的急行軍赶赴"三八线"。为了粉碎敌人的秋季攻势，我們坚守在中线前沿阵地，隔敌人只有一百多米。投入紧张激烈战斗有五天五夜了，敌人天天来进攻，都被我們打退了，保住了陣地。实现了抗美援朝保家卫國的誓言。

现在天气在下大雪，满山遍地都积有五六尺厚雪，河水封冻结冰，能过汽车坦克。气温零下四十多度。我們吃不上飯，喝不上水，睡不好觉。只有渴了冰雪当水喝，饿了炒面吃几嘴，树枝当房，地皮当床。整天黑夜在雪堆里蹲伏。风吹裂了

一九五一年十月二十八日

1页

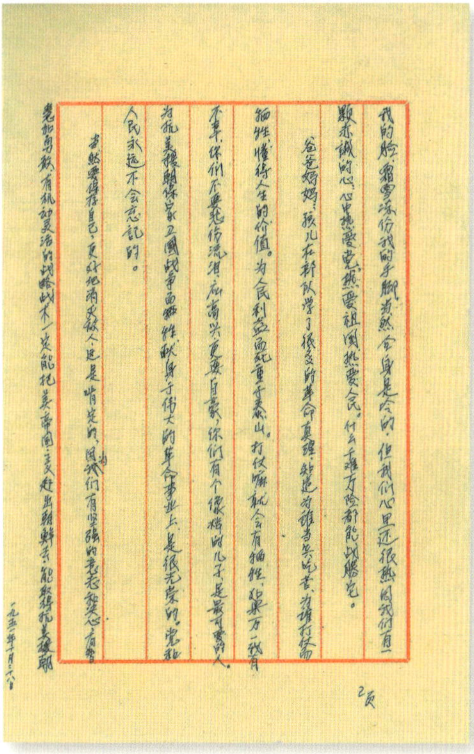

我的脸，霜雪冻伤我的手脚，虽然全身是冷的，但我們心里还很热，因我們有一颗赤诚的心，心中热爱党，热爱祖國，热爱人民。什么千难万险都能战胜它。

爸爸媽媽，孩儿在部队学了很多的革命真理，知道为谁当兵吃苦，为谁打仗牺牲，懂得人生的价值。为人民利益而死重于泰山。打仗嘛，就会有牺牲，如果万一我有不幸，你們不要悲伤流泪，应当高兴，更要自豪，你們有个像样的儿子，是最可爱的人。为抗美援朝保家卫國战争而牺牲，献身于伟大的革命事业上，是很光荣的。党和人民永远不会忘記的。

當然要保存自己，更好地消灭敌人，这是肯定的，因为我們有坚强的意志和决心，有党和勇敢，有机动灵活的战略战术，一定能把美帝國主义赶出朝鲜去，能取得抗美援朝

一九五一年十月二十八日

2页

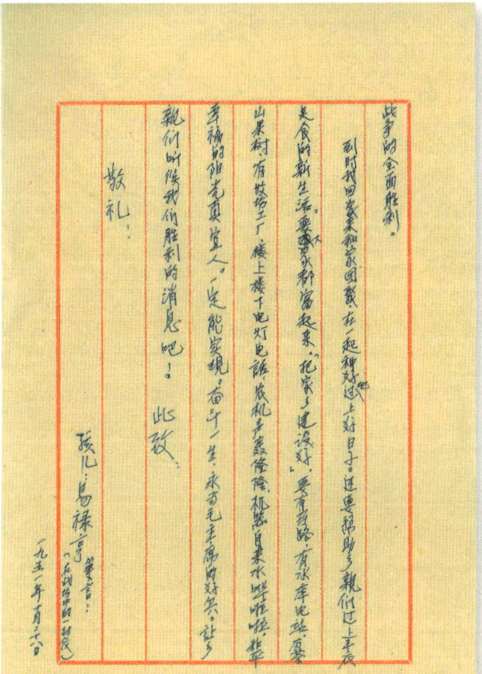

战争的全面胜利。

到时我回家来和家团聚，在一起种好地，过上好日子。还要帮助乡亲們过上丰衣足食的新生活，要让大家都富起来，把家乡建设好，要有马路，有水库电站，满山果树，有纺织工厂，楼上楼下电灯电话，农机声轰隆隆，机器自来水哗啦啦，非常幸福的阳光真宜人。一定能实现。奋斗一生，永当毛主席的好兵。让乡亲們盼候我們胜利的消息吧！

此致

敬礼！

孩儿：易禄亨 留言：

（在战场中的一封信）

一九五一年十月二十八日

3页

家书原文

亲爱的爸爸妈妈：全家好！

孩儿入朝经过一个多月的急行军赶赴“三八线”。为了粉碎敌人的秋季攻势，我们坚守在中线月峰山一个前沿阵地，隔敌人只有一百多米。投入紧张激裂（烈）的战斗有五天五夜了，敌人天天来进攻，都被我们打退了，保住了阵地，实现抗美援朝保家卫国的尊（誓）言。

现在天气在下大雪，满山遍地都积有五六尺厚雪，河水封冻结冰，能过气（汽）车坦克。严寒四十多度，我们吃不上饭，喝不上水，睡不好觉。只有渴了冰雪当水喝，饿了炒面吃几嘴，树枝当房地皮当床，整天黑夜在雪堆里滚爬。风吹裂了我的脸，霜雪冻伤我的手脚，当然全身是冷的，但我们心里还很热，因我们有一颗赤诚的心，心中热爱党、热爱祖国、热爱人民，什么千难万险都能战胜它。

爸爸妈妈，孩儿在部队学习了很多的革命真理，知道为谁当兵吃苦，为谁打仗而牺牲，懂得人生的价值，为人民利益而死重于泰山。打仗嘛，就会有牺牲，如果万一我有不幸，你们不要悲伤流泪，应高兴，更要自豪，你们有个像样的儿子，是“最可爱的人”。为抗美援朝保家卫国战争而牺牲，献身于伟大的革命事业上，是很光荣的，党和人民永远不会忘记的。

当然要保存自己，更好地消灭敌人，这是啃（肯）定的。因为我们有坚强的意志和决心，有智慧加勇敢，有机动灵活的战略战术，一定能把美帝国主义赶出朝鲜去，能取得抗美援朝战争的全面胜利。

到时我回家来和家（人）团聚，在一起种好地过上好日子。还要帮助乡亲们过上丰衣足食的新生活，要大家都富起来，把家乡建设好。要有马路，有水库电站，有茶山果树，有牧场工厂，楼上楼下，电灯电话，农机声轰隆隆，机器自来水哗啦啦，和平幸福的阳光真宜人，一定能实现。奋斗一生，永当毛主席的好兵。让乡亲们听候我们胜利的消息吧！此致

敬礼！

孩儿：易禄亨　笔言　在战场中的一封信

一九五一年十月二十八日

家书诵读

家书故事

1951 年 11 月 5 日，《志愿军前线战报》头版以《满身荆棘骨更硬》为题刊登了易禄亨这封家书。当时，他还只是一位不满 16 岁的战士，这是他在前线战壕里给父母写下的家信。他用简单平实的文字记录了战况的激烈和战场环境的恶劣，也表达了那颗“赤诚的心”中对党、对国家、对人民朴素真挚而又浓烈的情感，震撼了志愿军战友的心。

易禄亨出生在重庆涪陵，五岁时曾目睹父亲当着他的面刺瞎了自己的左眼，为了躲避国民党抓壮丁。长大后的易禄亨一直牢记着小时候爷爷告诉他的：“听说共产党闹革命是要打倒地主帮我们穷人翻身的，你要好好跟共产党走。”1951 年，15 岁的他听说抗美援朝前线需要兵员，瞒着父母去招兵处报名志愿参军。但招兵处的人因为他年龄小拒绝收他入伍，易禄亨就守着招兵处的大门不离开。幸好遇到他认识的连长张速青，易禄亨曾经在剿匪工作中帮助张速青带路侦察，跟随解放军捣毁了土匪窝，张速青曾对他的表现赞不绝口。张速青在招兵处了解情况后说：“这个兵我要了。”就这样 15 岁的易禄亨如愿参军，成为一名光荣的中国人民志愿军战士。

刚到部队，他仍作为预备队员留守后方，先后当过养马员、通讯员。1951 年 6 月，易禄亨主动要求加入前线部队，与战友们一起入朝作战。同年 10 月，敌人集中兵力进攻位于朝鲜北部的月峰山，这是抗美援朝战争中重要的军事防线。易禄亨主动申请参战，随部队坚守在月峰山前沿阵地的“猫耳洞”里，情况最危急时，敌军距离他们的作战暗堡仅有 50 米。

◇ 志愿军第 67 军某部守备在月峰山上。

坚守阵地期间，连长让战士们给家人写一封信，战士们都明白，这封信也许就是最后的告别。在严寒的“猫耳洞”里，要写信的战士们哈着气去温暖冻僵的手，参谋长告诉战士们，“我们身上是冷的，但心里是热的”。这句话深深触动了易禄亨，多年后他依然记忆犹新，他将那一刻的心情也写进了信里。还是少年的他，没有报喜不报忧，而是认真地在信里将战场上的真实情况讲述给父母：“……严寒四十多度。我们吃不上饭，喝不上水，睡不好觉。只有渴了冰雪当水喝，饿了炒面吃几嘴，树枝当地皮当床。整天黑夜在雪堆里滚爬。风吹裂了我的脸，霜雪冻伤我的手脚……”在这样艰苦恶劣的环境下，这位少年战士无畏地写道：“为人民利益而死重于泰山”，“如果万一我有不幸，你们不要悲伤流泪，应高兴，更要自豪，你们有个像样的儿子，是‘最可爱的人’”。

◇ 战斗在前线的志愿军官兵经常是一把炒面一把雪。

在战场上，他是幸运的，英勇作战的易禄亨幸存了下来，他有许多战友永远留在了朝鲜战场上。耄耋之年的他，每每想起那些亲爱的战友，便会潸然泪下、泣不成声，但他依然坚定地说：“党和人民永远不会忘记的。”

易禄亨用余生践行了自己在家书中的承诺：“到时我回家来和家人团聚，在一起种好地过上好日子。还要帮助乡亲们过上丰衣足食的新生活，要大家都富起来，把家乡建设好……”

易禄亨复员回到家乡后，扛起农村建设的大旗，带领村民脱贫致富。村里饮水困难，他主动拿出自己的伤残复员费和平时省吃俭用积攒下来的部分积蓄，整修了一口山坪塘，解决了村民人畜饮水和50亩农田灌溉难题；村民们反映路不好走，他又毫不犹豫地拿出剩余积蓄，带领村民挖泥巴、抬石头，不管天晴下雨坚持苦干实干，终于打通了第一条出村公路；改革开放的春风吹到了隆兴村，他在村里推行包产到户，发动党员带头种植榨菜。“我那时觉得，国家不富裕，老百姓有困难，共产党员就应该站出来，尽自己力量解决问题。”在他的带领下，隆兴村成为当地农村改革的典范，村民们干劲十足，村里不仅发展起榨菜产业，村集体还创办了企业，在20世纪80年代，隆兴村就实现了整村脱贫。直至耄耋之年，他还一直保持战斗状态，经常为村里的发展出谋划策，做好年轻干部的“传帮带”。

易禄亨曾在家书中展望家乡建设：“要有马路，有水库电站，有茶山果树，有牧场工厂，楼上楼下，电灯电话，农机声轰隆隆，机器自来水哗啦啦，和平幸福的阳光真宜人。”如今回看，当初的美好愿景都已经成为当下的现实，易禄亨用质朴的语言和一生的行动诠释着共产党人的初心和使命，完成了他少年时就许下的承诺：“奋斗一生 永当好兵”。

康妮

革命成功再凯旋回家

葛树滋致家人书（1951 年 11 月 2 日）

葛树滋（1931—1952）

浙江杭州人。1950 年加入中国新民主主义青年团。入朝作战前，曾担任民兵排长。1951 年 5 月，葛树滋响应党的号召，参加中国人民志愿军，进入志愿军装甲兵部队赴朝作战。1952 年 2 月 3 日，在朝鲜前线，年仅 21 岁的葛树滋被敌弹片击中腰部，壮烈牺牲。

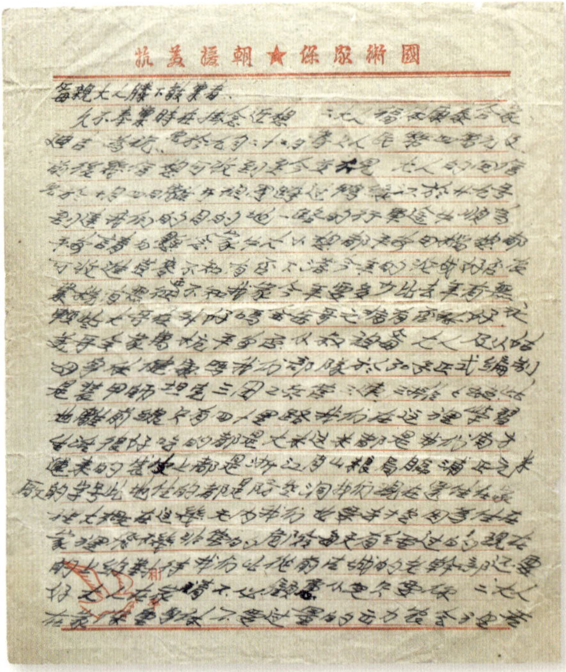
抗美援朝★保家衛國

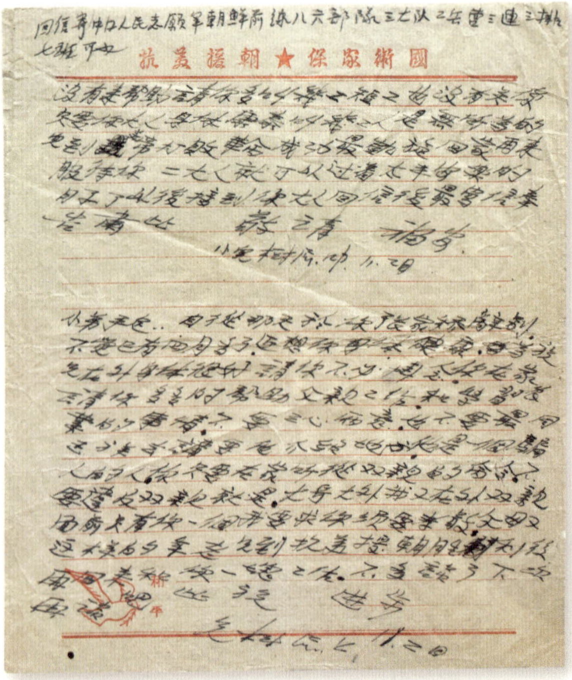
抗美援朝★保家衛國

家书原文

父母亲大人膝下，敬禀者：

久不奉禀，时在挂念。近想二大人福体康泰、合家迪吉为祝。儿于九月二十二日寄上人民币四万元及前后几信，想可收到？至今并不见大人的回信。儿于十月四日离开祖国，跨过鸭绿江，于廿九号到达我们的目的地。一路的行军，途中顺（甚）为平安，请勿悬念。家中大小想都平安，田稻想都可收进？豆麦不知有否下落？今年的收成好否？农业税有无征出？不知我家今年要多少？比去年有无轻些？大哥在外好吗？金岳哥之病有否转好？永美哥全家寓杭平安否？小叔祖父母大人及小姑母身体健康吗？我们部队于30号正式编制，是装甲师坦克三团工兵营三连三排七班。此地离前线只有四十里路。我们在这里学习、生活很好，吃的都是大米，这米都是我们南方运来的，袋皮上都是浙江肖（萧）山粮（食）局临浦正元米厂的字号。此地住的都是防空洞，我们现在还住在家里，大概在这几天内我们也要去挖。因为住在家里，飞机非常的危险，每天有经过的。现在的上级对待我们比从前古城的老干部还要好，大人在家请不必顾虑，小儿只要你二大人在家保重身体，不要过量的出力。农会里若没有来帮助，请你多叫几工短工也没有关系，只要你大人身体康泰，叫几工人是无所为（谓）的。儿到美帝打败、革命成功最

（再）凯旋回家，再来服待（侍）你二大人，就可以过着太平安乐的日子了。以后接到你大人回信后最（再）写信奉告。

肃此 敬请 福安！

小儿树滋叩 11.2 日

小弟手足：

自从那天于（与）你张家桥辞别，不觉已有四月多了，近想你身体健康为祝。兄在外身体很好，请你不必挂念。你在家请你多多的帮助父亲，工作和学习农业的事情不要三心两意，也不要最（再）同王祥去讲，要他介绍地方，他是一个骗人的人。你只要在家听从双亲的命令，不要违反双亲就是。大哥在外，我又在外，双亲面前只有你一个，我要求你须要孝敬，父母又这样的年老，兄到抗美援朝胜利后，再回来和你一块工作。不多谈了，下次再谈吧。

此祝 进步！

兄树滋上 11.2 日

回信寄：中国人民志愿军朝鲜前线八六部队三大队工兵营三连三排七班可也。

家书诵读

家书故事

1931 年，葛树滋出生于浙江省杭州市萧山区进化镇云飞村，此村为清代著名抗英民族英雄葛云飞故里。同为民族英雄后代，葛树滋从小就受到从事革命活动的叔父葛理庸的熏陶，怀有一颗强烈的爱国之心。葛理庸积极投身抗战救亡运动，在党的领导下英勇斗争。1946 年春，葛理庸在一次战斗撤退时为掩护战友不幸中弹，壮烈牺牲，时年 26 岁。葛理庸牺牲的消息传回家中，当时 15 岁的葛树滋悲痛万分。带着对叔父的怀念与崇敬之情，他立志要追随叔父的脚步，从事其未竟的革命事业。

新中国成立后，葛树滋担任进化乡民兵排长，1950 年加入中国新民主主义青年团（中国共产主义青年团的前身）。同年 10 月 19 日，中国人民志愿军雄赳赳气昂昂跨过鸭绿江，奔赴朝鲜战场，开始了伟大的抗美援朝战争。这是以正义之师行正义之举。1951 年 5 月，年轻的葛树滋怀抱着对祖国的无限忠诚，积极响应国家号召，毅然报名参军赴朝抗敌，成了装甲师坦克 3 团工兵营 3 连 3 排 7 班的一名战士。

1950 年 11 月上旬，中国从苏联购买的坦克等装备，先后到达长春、四平、北京丰台、徐州等地。装甲兵部队用苏军坦克组建了 10 个坦克团，并从 12 月开始进行了三个月的强化训练。志愿军装甲兵部队于 1951 年 3 月开始入朝，至 1953 年 7 月朝鲜停战，先后共有 9 个坦克团进行了轮番作战。在整个抗美援朝战争中，志愿军装甲兵部队共参战 246 次，出动坦克 998 辆次，击毁击伤敌军坦克 74 辆，摧毁敌军火炮 20 门、地堡 864 个，击落敌机 109 架、击伤 460 架，有力地支援了步兵巩固阵地作战，大量消灭了“联合国军”有生力量，为战争胜利作出了重要贡献。

在战火的间隙，葛树滋给家中父母及小弟写过数封家书，他的家书都是用钢笔书写，信笺纸顶端印有“抗美援朝　保家卫国”的红色字样。刚 20 岁出头的他，在写家书时总是不忘问候家人并报平安，不仅流露出对至亲和家乡的惦念与热爱，更表现出他对战争胜利的渴望。收录的这封家书，

◇ 中国人民志愿军装甲兵部队有两个坦克师、一个坦克师大部、四个独立坦克团和六个自行火炮团入朝参战。

只是其中的一封。信中道出了葛树滋对父母、亲属的关切之情，对小弟的一番谆谆教诲和殷殷嘱托，更显露出他坚决打败美帝的必胜信心，孝悌忠信跃然纸上。他在信中说道："儿到美帝打败、革命成功再凯旋回家，再来服侍你二大人，就可以过着太平安乐的日子了。"这些朴实的话语凸显出葛树滋"先忠而后孝"的伟大爱国主义精神。

1952 年 2 月 3 日，在朝鲜前线，他因被敌军弹片击中腰部，英勇牺牲，年仅 21 岁的他长眠在了异国的土地上。葛树滋短暂的一生，是战斗的一生，奉献的一生，他用鲜血和生命谱写了"只解沙场为国死，何须马革裹尸还"的英雄壮歌，他舍生忘死、奋斗不息的精神更成为激励后人不忘初心、踔厉奋发的强大力量。葛树滋的外甥赵天行说道："家书一直珍藏在我们后辈的手中，激励着我们如今身处和平时代，但也要继承先烈遗志，为家乡的建设、为祖国的富强而努力学习和奋斗。"

在波澜壮阔的抗美援朝战争中，无数像葛树滋一样的年轻志愿军将士在极为艰难的条件下，同世界上最强大的军队进行艰苦卓绝的作战。他们不畏强暴、不怕牺牲，敢于斗争、敢于胜利，形成了一股强大的凝聚力和向心力，以“钢少气多”力克“钢多气少”，打出了新中国的国威、军威，锻造了伟大的抗美援朝精神，展示了中华民族的浩然正气，祖国人民把他们誉为“最可爱的人”，他们以其勇敢、坚毅、顽强、无畏更成为全国人民崇敬、学习的楷模。

胡婷

一心一意保家卫国

况重晚致妻书（1952 年 1 月 22 日）

况重晚（1913—1952）

江西高安人。1948 年 11 月参加革命，加入人民解放军。1949 年加入中国共产党。1950 年 10 月，况重晚所在的中国人民志愿军第 38 军 113 师第一批入朝作战，先后参加过抗美援朝战争第一至第五次战役。在 1952 年 7 月 20 日的反轰炸战斗中，况重晚不幸牺牲，时年 39 岁。1954 年 2 月 21 日，经志愿军第 113 师政治部批准为革命烈士。

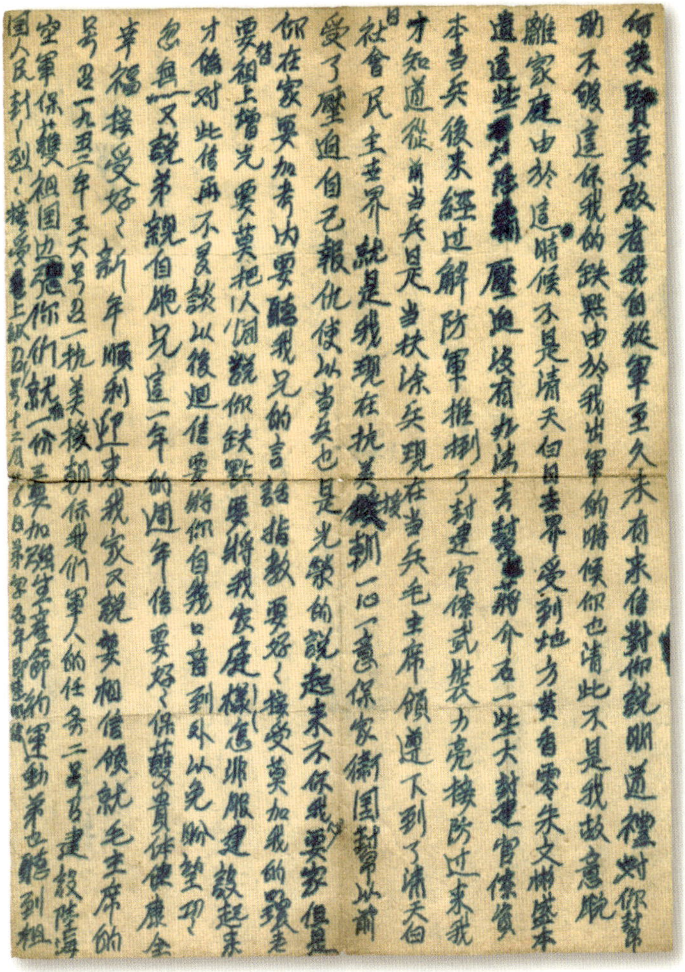
何荣贤妻啟者我自從軍至久未有来信對你說明道禮對你幫
助不够這係我的缺點由於我出軍的時候你也清此不是我故意脫
離家庭由於這時候不是清天白日世界受到地方黄香零朱文彬盛本
遺這些[illegible]壓迫沒有办法去[illegible]蔣介石一些大封建官僚貪
本当兵後来經过解防軍推翻了封建官僚武裝力亮接防过来我
才知道從前当兵是当扶涂兵現在当兵毛主席領導下到了清天白
日社會民主世界就是我現在抗美援朝一心一意保家衛国封帮以前
受了壓迫自己報仇使以当兵也是光榮的說起来不係我要家但是
你在家要加考內要聽我兄的言話指教要好〻接受莫加我的發老
要替祖上增光要莫把人洞說你缺點要將我家庭[illegible]服建設起来
才能对此信再不要談以後迴信要將你自我口音到外以免盼望切〻
忽無一又說弟親自脑兄這一年的週年信要好〻保護貴体健康全
幸福接受好〻新年順利迎来我家又說要相信領就毛主席的
号召一九五三年三大号召一抗美援朝係我們軍人的任务二号召建設陸海
空軍保護祖国边疆你們就一份三要加強学習婚姻法運動弟也聽到祖
国人民封〻到〻接受[illegible]上紙[illegible]十二月6日弟[illegible]

家书原文

何英贤妻启者：

我自从军至久未有来信，对你说明道礼（理），对你帮助不够，这係我的缺点。由于我出军的时候你也清此（楚），不是我故意脱离家庭，由于这时候不是清（青）天白日世界，受到地方黄香零、朱文彬、盛本遗这些恶霸压迫，没有办法去帮蒋介石一些大封建官僚资本当兵。后来，经过解防（放）军推捯（倒）了封建官僚武装力亮（量），接防（解放）过来，我才知道从前当兵是当扶（糊）涂兵。

现在当兵，毛主席领导下，到了清（青）天白日社会民主世界。就是我现在抗美援朝，一心一意保家卫国，帮以前受了压迫（的）自己报仇。使（所）以，当兵也是光荣的。

说起来不係我必（不）要家，但是你在家要加（以）考内（虑），要听我兄的言话指教，要好好接受，莫加我的环老（烦恼），要替祖上争光，要莫把人闲说你缺点，要将我家庭怎样非服（恢复）建设起来才伪（为）对，此信再不多谈，以后回信要将你自几（己）口音到外，以免盼望，切切！忽无（勿误）！

又说，弟亲自胞兄：

这一年的周年信要好好保护，贵体健康！全（家）幸福！接受好好新年，顺利迎来我家！

又说，要相信（响应）领就（袖）毛主席的号召！一九五二年三大号召：一、抗美援朝是我们军人的任务。二、号召建设陆海空军，保卫祖国边疆。你们就有一份（责任）。三、要加强生产节约运动。弟也听到祖国人民封封（轰轰）烈烈接受上级号召。

十二月廿六日弟字，名（明）年即速回信。

家书诵读

家书故事

◇ 况重晚妻子何英。

1913年9月，况重晚出生于江西省高安县（今高安市）一个贫苦农村家庭。家中原有兄弟六人，其中四人在日军“扫荡”中相继遇难，只剩下他与哥哥况重日相依为命。1946年底，况重日被国民党抓了壮丁。况重晚考虑到哥哥尚未组建家庭，如有不测将遗憾终生。而他已婚且即将要当父亲了，便主动替兄服兵役，毅然离开了身怀六甲的妻子，从此再也没有回过家。

1949年7月，在漫长的相思、煎熬和等待中，妻子何英迎来了高安解放。不久后她收到了况重晚的来信，得知丈夫不仅平安活着，还加入了中国人民解放军，何英内心感到无比骄傲自豪，丈夫因表现突出入党的消息更让在旧社会遭受过压迫的她感到无上光荣。她给儿子取名建国，她希冀儿子能够像父亲一样为新中国建设作出贡献。尽管她有太多的思念想向丈夫倾诉，有太多的话语想向丈夫叮嘱，但为了丈夫可以全身心地投入战斗，在回信中都变成了寥寥四字“一切安好”。

这封家书写于农历一九五一年十二月二十六日（时为公历 1952 年 1 月 22 日），信件一开篇就表达了对妻子的牵挂和愧疚之情，他说道：“我自从军至久未有来信，对你说明道理，对你帮助不够，这是我的缺点。”在那个战火纷飞的年代，况重晚也想多与家人保持沟通联系，但身不由己。

虽然何英无时无刻不心系远方战场的丈夫，生活中也遇到各种艰难困苦，但她始终坚信丈夫跟着共产党、跟着毛主席走的是光明大道，牢记丈夫在信中“响应领袖毛主席的号召……要加强生产节约运动”的殷殷嘱托。她独自在后方养育子女，为丈夫排忧解难，还从事生产工作，全心全意为国家多作贡献。

尽管憧憬早日胜利，尽管无限思妻念儿，尽管深知生命可贵，但当祖国安全受到威胁时，况重晚义无反顾冲在最前线。他在信中说道：“就是我现在抗美援朝，一心一意保家卫国，帮以前受了压迫的自己报仇。所以，当兵也是光荣的。”况重晚对党和毛主席满是感激和热爱之情，对党领导下的新社会充满了信心，“现在当兵，毛主席领导下，到了青天白日、社会民主世界”。在给兄长的一封信中也鼓励家人要坚定不移感党恩、听党话、跟党走：“吃水别忘了掏井人，吃饱别忘了毛主席的恩，我们应永远跟着共产党走。”

为了祖国和民族的尊严，况重晚在朝鲜战场上英勇无惧、视死如归。1950 年 11 月 27 日，他所在的第 38 军 113 师在第二次战役反击阶段中担任战役迂回任务，昼夜兼程，14 小时前进 70 余公里，于 28 日晨抢占了三所里地区，当晚又抢占了三所里以西的龙源里，随即坚守阵地，顶住了“联合国军”的南北夹击，牢牢封闭了美第 9 军的后撤退路，对战役的顺利发展起到了重要作用。第二次战役共歼敌 3.6 万余人，其中第 38 军以伤亡 2279 人的代价，歼敌 1.1 万余人。彭德怀于 1950 年 12 月 1 日与邓华等志愿军首长

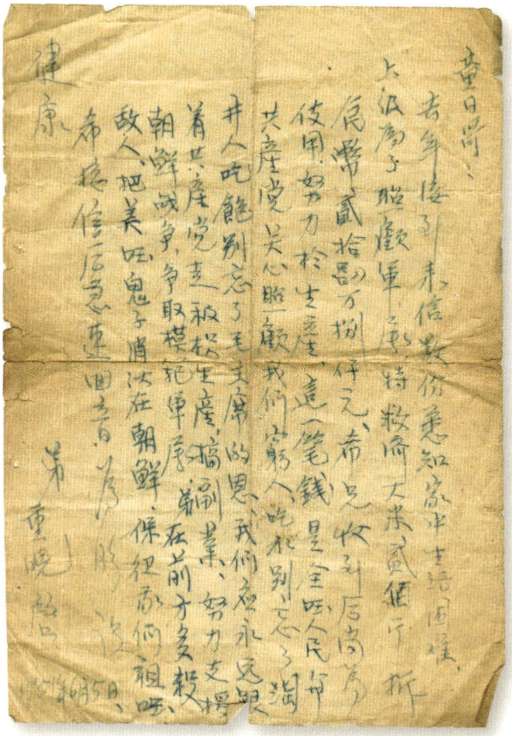

童日哥、
去年接到来信数份,悉知家中生活困难,
上级为了照顾军属,特拨给大米贰佰斤,折
合币贰拾肆万捌仟元、希兄收到后尚为
使用,努力于生产,这一笔钱是全体人民节
共产党关心照顾我们穷人,吃水别忘了掘
井人,吃饭别忘了毛主席的恩,我们应永远跟
着共产党走,致力于生产,搞副业,努力支援
朝鲜战争,争取模范军属,弟在前方多杀
敌人,把美鬼子消灭在朝鲜,保卫我们祖国、
希接信后急速回音,为盼
健康
弟 重晚 启
1951年6月5日

◇ 况重晚写给兄长的信。

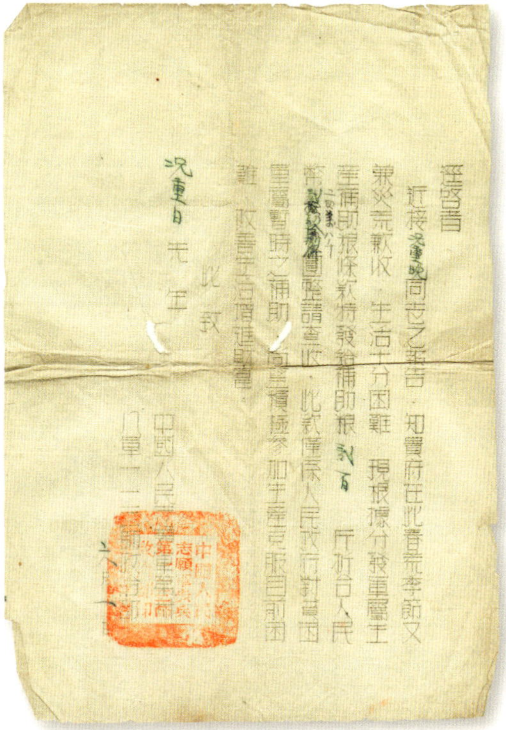

慰問書
近接况重晚同志之來書,知貴府在此青荒季節又
兼災荒歉收,生活十分困難,現根據分發軍屬生
產補助糧條款特發給補助糧 貳百 斤折合人民
幣 [illegible] 圓整請查收,此款係係人民政府對貴
軍屬暫時之補助,尚望積極參加生產克服目前困
難,改善生活增進財富。
此致
况重日 先生
中國人民志願軍第一一三師政治部

◇ 第 38 军 113 师给况重晚家人的慰问汇票。

联名发出嘉奖令，嘉奖第 38 军：“此战役……发挥了三十八军优良的战斗作风，尤以一一三师行动迅速……特通令嘉奖，并祝你们继续胜利。中国人民志愿军万岁！三十八军万岁！”从此，第 38 军荣获了“万岁军”的美名。

不幸的是，在 1952 年 7 月 20 日的反轰炸战斗中，况重晚不幸牺牲，直到牺牲，他都没见过儿子一面。作为一名普通的志愿军战士，他生前没有留下一张照片，写给兄长及妻子的这 18 封战地家书成了仅存的遗物，也成为妻子一生的精神支柱和全部的思念寄托。尺素传真情，这封家书不仅流露出况重晚对家人的依依不舍和万般眷恋，更充溢着浓烈的家国情怀，尽显铁血男儿“吃苦在先，冲锋在前”的革命忠诚精神。

况重晚只是朝鲜战场上牺牲的 19.7 万多名英雄儿女中的一位，他们满怀对祖国和亲人深深的爱，把鲜血和汗水洒在朝鲜的国土上，但他们把祖国和人民利益看得高于一切、为了祖国和民族的尊严而奋不顾身的爱国主义精神永远鼓舞和激励着亿万中华儿女，在中国共产党的领导下积极投身社会主义现代化建设，为实现中华民族伟大复兴而团结奋斗。

胡婷

我坚信胜利是属于我们的

柳支英致妻女书（1952年3月18日）

柳支英（1905—1988）

江苏苏州人。1929年毕业于金陵大学生物系，后在江苏省昆虫局、浙江省昆虫局工作。1933年赴美国明尼苏达大学研究院昆虫和经济动物学系学习，次年获硕士学位。1934年至1937年历任浙江大学农学院副教授、教授。1937年至1945年任广西农事实验场技正兼广西大学农学院教授。1945年至1952年任浙江大学农学院教授。1952年2月参加抗美援朝，年底回国，在志愿军卫生部志愿防疫检验队工作。1952年后历任军事医学科学院研究员，微生物流行病研究所研究员、副所长，军事医学科学院院专家组副组长，兼任中国昆虫学会副理事长，《动物分类学报》副主编，《中国动物志》《昆虫学报》《昆虫分类学报》编委等职。1956年加入中国共产党。

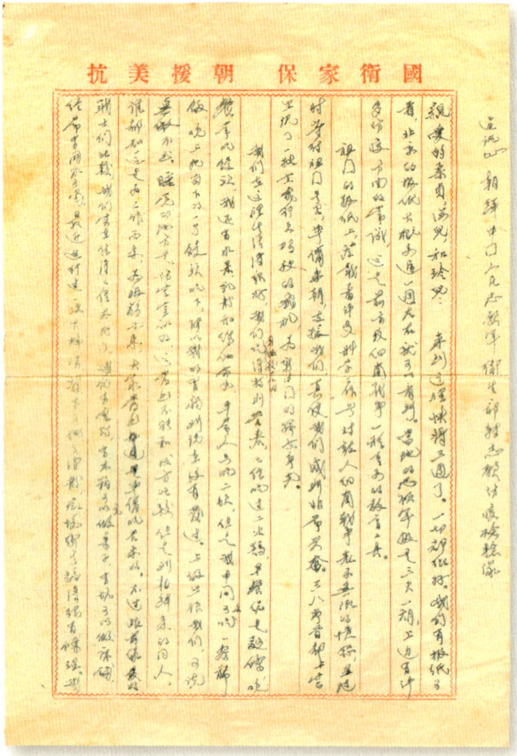
抗美援朝　保家衛國

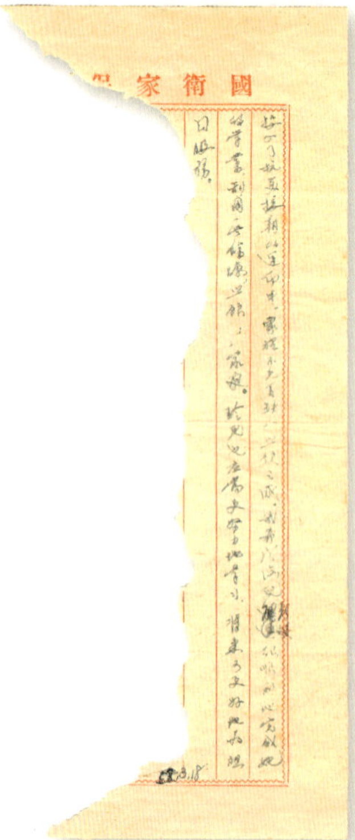
保家衛國

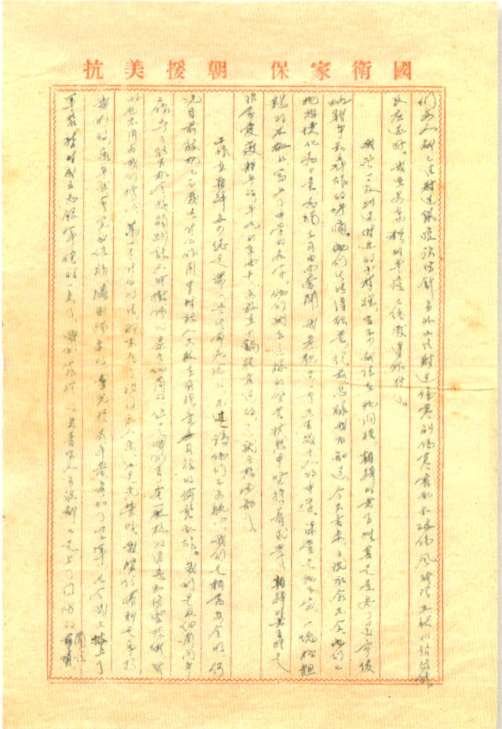
抗美援朝　保家衛國

家书原文

通讯（地）址：朝鲜中国人民志愿军卫生部转志愿防疫检验队

亲爱的柔贞、海儿和玲儿：

来到这里快将三周了，一切都很好。我们有报纸可看，北京的报纸大概要迟一周左右就可以看到。当地的志愿军报是三天一期，上边有许多防疫方面的常识，这是前方反细菌战争一种重要的教育工具。

祖国的报纸上，登载着许多科学工作者对敌人细菌战争表示无限的愤怒，并随时等待祖国号召，准备来朝，支援我们，真使我们感到非常兴奋。三八节首都上空出现了一批女飞行员驾驶的飞机，为新中国的妇女争光。

我们在这里生活得很好。我们身体较差的吃得特别营养，已经吃过二次鸡。早餐总是面条，晚餐常吃馒头，我还有水果、乳粉和维他命丸，平常人只吃二顿，但是我中间可多吃一餐稀饭，晚上把留下的一个馒头吃下，所以我的胃痛到现在没有犯过。上级照顾我们，可说无微不至。睡觉的地方是防空室似的，这当然不能和后方比较，但是到朝鲜来的同人，谁都知道是为工作而来，为服务而来，大家当然准备吃苦来的。不过跟前线的战士们比较，我们实在住得已经太好了，我们有电灯，有木箱可以充做桌子，有炕可以做床铺，经常有开水可喝。最近进行过一次大扫除，发下了地地涕粉，环境卫生搞得很有条理。我们每人都已注射过鼠疫预防针，另外又注射过伤寒、副伤寒、霍乱和破伤风，所谓五联的预防针，反应还好。我在安东种的牛痘已经发得很好了。

我曾二次到过附近的小村里，有不少都住在地洞里，朝鲜的老百姓真是受尽了美帝侵略战争和轰炸的伤痛。他们生活得很苦，从前怎样我不知道，今天看来，可说衣食不全。他们已把怨愤化为力量，为独立自由而奋斗。我参观过一个只有几十人的中学。课堂是地下室，一块极粗糙的木板上，写上了中学的名字，他们就在这样的艰苦状态中坚持着求学。朝鲜的老百姓是非常爱护耕牛的，牛吃的东西也要放在大锅里煮过的，这就可想而知了。

工作在朝鲜，多少总是带一些生命危险的，不过请你们不要担心，我们是相当安全的。何况目前敌机已不发生什么作用，当时敌人只敢在夜里毫无目标地偷袭乱炸。我们是反细菌斗争工作者，可能有机会接触到敌人所散布的毒虫细菌的，但是我们有一套严格的消毒和防御技术，所以也不用为我们操心。万一有什么的话，那末（么）为了祖国和人民，也是光荣的。我坚信胜利是属于我们的，迟早我会完成任务，胜利归来的。乐儿于去年春参加了空军，如今我又披上了军装，暂时成为志愿军里的一员了。我们家里的老青男人可说都已走上了国防的岗位，投入了抗美援朝的运动中，家里不免有缺人照顾之感。我希望海儿能够很顺利地完成她的学业，利用一些余隙，照顾照顾家庭。玲儿也应当更努力地学习，将来可更好地为祖国服务。

（信纸有残，后面缺失。）

1952.3.18

家书诵读

家书故事

1952年初，抗美援朝战争中，美军为了扭转在战场上的失败局势、增加对朝中方面的压力，公然违反国际公约和人道主义原则，在实施“绞杀战”和毒气战的同时，开始在朝鲜战场及中国部分地区实施了大规模的细菌战，给中朝军民造成巨大伤害，也激起全世界爱好和平人民的愤怒。细菌武器与常规武器相比，杀伤力、破坏力巨大，极易造成大量非战斗减员。若在后方流行，则将引起社会混乱，造成生产停滞、交通瘫痪等严重后果。

◇ 中国人民志愿军卫生部志愿防疫检验队部分同志合影，二排右三为柳支英。

1952年2月21日，中央军委向志愿军下达了进行反细菌战斗争的指示，要求部队的防疫队和卫生人员进行紧急动员，东北防疫队待命出动，并组织京津及其他大城市的专家成立若干化验组前往志愿军司令部。2月27日上午，浙江大学植物病虫害系教授柳支英接到来自中央卫生部的电话，请他迅速奔赴朝鲜，参加抗美援朝反细菌战。柳支英不顾自己还未痊愈的肺病，响应祖国号召，毅然决定迅速奔赴前线。当天下午，柳支英又接到电话要求随带助手一名。短短数小时内，办公室和宿舍里的个人物品都来不及收拾，柳支英便与助教李平淑坐上火车离开杭州。当晚，二人到达上海巴斯德研究所。第二日，与该所一同赴朝的同志收拾仪器药品等物资。第三日，乘车北上，于北京西郊机场飞往安东机场，后转车抵达驻地。途中还遭遇翻车事故，志愿军总司令彭德怀曾先后三次赴驻地慰问。3月2日，柳支英作为首批防疫检验队专家，从安东（今丹东市）进入朝鲜。

柳支英和李平淑所在的队伍为首批志愿防疫检验队，驻地位于志愿军卫生部附近的山洞中。人住在山洞内，工作室在山洞旁的木制平房内，房顶用树枝伪装，以避免敌机轰炸。在如此危险、恶劣的环境下，柳支英在前线的防御工事里担负起反细菌战的崇高任务。他运用专业知识，总结经

◇ 1958年10月2日，柳支英夫妇与三个孩子在北京颐和园。

验，提出判别敌投昆虫的“三联系、七反常、一对照”原则，在朝鲜战场发挥了重要作用。

紧张的工作之余，柳支英写给妻子和儿女们的家书记录了一位科学家眼中的战场情景，以及他的经历和感想。身在战场的柳支英同情朝鲜人民遭受的伤痛，也挂念家中的亲人和祖国的建设，无论环境怎样艰苦和危险，他都“坚信胜利是属于我们的”。虽然在朝鲜工作时间不长，但他在反细菌战侦察工作的研究和实践中作出了重要贡献。1952 年，柳支英获得中央卫生部颁发的“爱国卫生模范”奖章和奖状，并被朝鲜民主主义人民共和国授予三级国旗勋章。

1952 年秋，柳支英完成任务从朝鲜回国后，调入军事医学科学院，负责组建医学昆虫科研队伍。柳支英毕生致力于农业昆虫学及医学昆虫学的研究工作，主持编写了中国第一部蚤类简志——《中国之蚤类》，命名了 5 个新属、2 个新亚属和 600 个新种和亚种。他主持了《中国蚤目志》的编写，全书共 170 余万字，插图近 2000 幅，对中国蚤类 8 科 72 属 452 种（亚种）作了全面描述。他还组建了我军第一个自动控制温湿度医学昆虫实验室，在国内首次养殖成功 3 种重要媒介昆虫的实验种群，并确定了驱虫和杀虫药械的各种操作规程，取得了室内和野外防制多种媒介昆虫的第一手经验。

◇ 柳支英在抗美援朝反细菌战中被朝鲜民主主义人民共和国授予的三级国旗勋章。

柳支英是新中国蚤类研究的奠基人、医学昆虫及其防治学科的开拓者，是国家科技进步特等奖获奖项目的主要贡献者。获军队科技进步奖一等奖、二等奖各一次，荣立二等功两次及三等功多次，获全国科技大会先进工作者称号，并被评为国防科技战线先进工作者标兵等。

孟丹

空中突击手

孙生禄致妹书（1952年3月27日）

孙生禄（1928—1952）

河北定兴人。1945年8月参加八路军，1947年4月加入中国共产党。1949年11月被调至空军第六航校学习飞行，1951年10月随部队参加抗美援朝作战，任志愿军空军第3师9团飞行员、飞行中队长。在抗美援朝作战中共击落敌机6架，击伤1架，被誉为“空中突击手”。在1952年12月3日的战斗中，他为掩护机群作战而壮烈牺牲，被中国人民解放军空军追记特等功，并授予“一级战斗英雄”的荣誉称号。

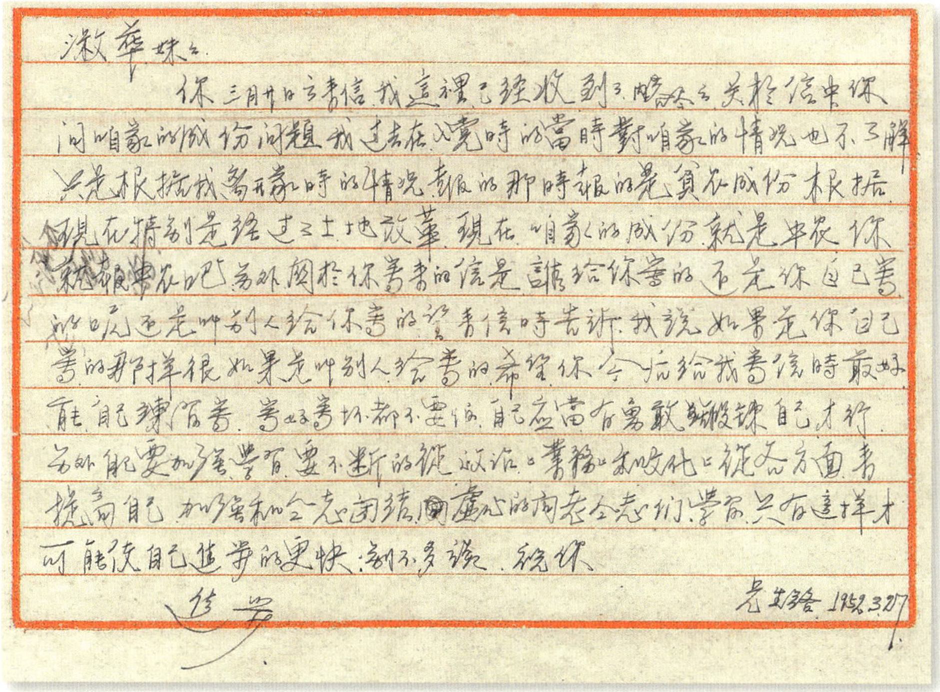

淑華妹々：

你三月廿日寫的信我這裡已經收到了，内容悉々。关於信中你問咱家的成份問題，我過去在家時的當時對咱家的情況也不了解，只是根據我當家時的情況去報的，那時報的是貧农成份。根據現在情況是經過了土地改革，現在咱家的成份就是中农，你就報中农吧。另外关於你寫来的信是誰給你寫的，还是你自己寫的呢，还是叫別人給你寫的，望寫信時告訴我。我說如果是你自己寫的那樣很好，如果是叫別人給寫的，希望你今后給我寫信時最好能自己練習寫，寫好寫坏都不要紧，自己应當有勇敢鍛鍊自己才行。另外你要加強学習，要不斷的從政治、業務、文化、從各方面来提高自己，加強和同志們团結，虛心的向老同志們学習，只有這樣才可能使自己進步的更快。别不多談，祝你

進步

兄生祿　1952.3.27

家书原文

淑华妹妹：

你三月廿日的来信，我这里已经收到了，内容尽之。关于信中你问咱家的成份问题，我过去在入党时的当时，对咱家的情况也不了解，只是根据我离开家时的情况报的，那时报的是贫农成份，根据现在特别是经过了土地改革，现在咱家的成份就是中农，你就报中农吧。另外关于你写来的信是谁给你写的，是你自己写的呢，还是叫别人给你写的？望来信时告诉。我说如果是你自己写的那样很（好），如果是叫别人给写的，希望你今后给我写信时最好能自己练习写，写好写坏都不要怕，自己应当有勇敢锻炼自己才行。另外自己要加强学习，要不断的从政治上、业务上和文化上，从各方面来提高自己，加强和同志团结，虚心的向老同志们学习，只有这样才可能使自己进步的更快。别不多谈，祝你进步。

兄　生路（禄）　1952.3.27

家书诵读

家书故事

在抗美援朝战争中，志愿军空军面对的是世界上最为强大的空中力量。在敌强我弱的残酷斗争中，志愿军飞行员舍生忘死、鏖战长空，取得了震惊世界的骄人战绩。在此过程中涌现出了一批本领高超、英勇无畏的战斗英雄，特等功臣孙生禄便是其中的一位杰出代表。

抗美援朝战争前期，美军掌握战场制空权，利用其强大的空中战斗力给志愿军的地面作战行动造成极大阻碍。为扭转这一被动局面，处于初创阶段的人民空军在经历短暂的实战练习后便投入到残酷的战争之中。1951 年 10 月 20 日，孙生禄所在的空军第 3 师开赴前线机场，参加第一轮作战。在 11 月 18 日的一次战斗中，孙生禄被八架敌机围困，他凭借精湛的技术和过人的胆气，以一对八，击落一架敌机，随编队安全返航。1952 年 1 月 14 日，空 3 师结束第一轮实战，全师奉命返回二线休整，这封信就是 3 月 27 日孙生禄在休整期间写给妹妹孙淑华的。他在信中回答了妹妹关于家庭成分的一些问题，并且叮嘱她要虚心学习，不断进步。平实的言语之间，尽显这位英勇的战士对家人的深深思念。

◇ 孙生禄

1952 年 5 月 1 日，空 3 师再次开赴前线，参加第二轮作战。12 月 2 日，美军出动机群企图对新义州机场进行照相侦察，并间接掩护其战斗轰炸机对清川江以南地面目标进行攻击。时任志愿军空军第 3 师 9 团副团长的王海率领 12 架米格－15 比斯型歼击机迎战。在这场战斗中，僚机组长孙生禄为了援救战友，保护机群安全，先后与多架敌机格斗，击落敌机两架，在单机返航途中遭遇敌机袭击，机身多处中弹，涡轮片、天线杆、机翼和座舱盖均遭到不同程度损坏。在万分危急的情况下，他沉着冷静，驾驶操纵失灵的飞机，安全迫降于友邻机场。

12 月 3 日，敌军又出动两个机群向我进犯。此时的孙生禄刚刚从友邻机场回到部队，他不顾疲惫，坚决请求参战。他说：“我一没负伤，二没害病，不需要休息。我们人少战斗任务重，多一个人就多一分战斗力。”在这次战斗中，他表现极为出色，率领僚机马连玉先后与十架敌机格斗，为保护我机群安全，几次奋不顾身地拦住敌机去路。在激战中，他的飞机被敌机击中起火，他驾着熊熊燃烧的战机向敌人的机群猛撞过去，壮烈牺牲，牺牲时年仅 24 岁。

孙生禄牺牲后，他的父亲孙国臣给儿子所在的部队写了一封信，信中写道：“我还有个女儿，她也在部队上工作，我坚决要给儿子报仇。现在我在保定建筑公司当木工，虽然 50 多岁了，但也一定要在后方积极生产，支援你们。希望你们把我的痛恨变成你们的力量，来狠狠地打击美国空中强盗，替我那牺牲的儿子报仇！”孙国臣提到的这个女儿，就是孙生禄的妹妹孙淑华。1951 年 10 月，在孙生禄即将随部队赴战场参加抗美援朝作战时，她与哥哥同在空军第六航校服役，当时她曾希望哥哥留下来当教员，可是孙生禄生气地说：“干吗留下，怕死才要求留下来。”开赴战场后，孙生禄时常牵挂着妹妹，两人之间多次通信。孙生禄在信中除关心家人生活之外，总是鼓励妹妹加强学习、提高自己、不断进步。得知孙生禄牺牲的消息后，孙淑华悲痛万分，在此后的一生中，她都十分思念自己的兄长。

2002 年 12 月 3 日是孙生禄烈士牺牲 50 周年纪念日，年逾花甲的孙淑华来到沈阳抗美援朝烈士陵园祭奠哥哥，并向陵园捐献了一个铜匾，上边记录着在抗美援朝战争中牺牲的 116 名空军飞行员的名字。2009 年 6 月，孙淑华又将个人积蓄 10 万元捐赠给抗美援朝烈士陵园，用于陵园建设。

孙生禄烈士为保家卫国，将热血洒在异国他乡，给他的亲人留下无尽的哀思，也激励着他的战友完成他未竟的事业。据王海将军回忆，在前后两轮作战中，空 3 师有 63 名飞行员参战（其中 45 名两次参战），共战斗起飞 255 批 3465 架次，实战 52 批 776 架次，有 45 名飞行员击中敌机（占参战飞行员总数的 71.4%），取得了击落击伤敌机 114 架的辉煌战果，有力打击了敌军在空中横行霸道的嚣张气焰，为抗美援朝战争的最终胜利立下了不朽功勋。

陶砥

“登高英雄”的绝笔

杨连第致父母书（1952 年 4 月 29 日）

杨连第（1919—1952）

天津人。1949 年 2 月参加中国人民解放军铁道纵队。同年 9 月，在抢修陇海铁路 8 号桥施工中，搭造单面脚手架，率先攀上 45 米高的桥墩，提前完成修桥任务，获“登高英雄”称号。1950 年 10 月，参加中国人民志愿军赴抗美援朝前线，任铁道兵团第 1 师 1 团 1 连副连长。1951 年 3 月加入中国共产党；5 月，参加抗美援朝战争第五次战役，负责抢修龙津江大桥；7 月，抢修清川江大桥，杨连第创造出“钢轨架浮桥”的方法，使几次中断的大桥顺利通车。1952 年 5 月 15 日，在指挥连队抢修清川江大桥时，英勇牺牲，时年 33 岁。6 月 4 日，中国人民志愿军领导机关为他追记特等功，并追授“一级英雄”称号，命名其生前所在连队为“杨连第连”。铁道部命名陇海铁路 8 号桥为“杨连第桥”，在桥头建立杨连第纪念碑。1953 年 6 月 25 日，朝鲜民主主义人民共和国最高人民会议常任委员会追授他“朝鲜民主主义人民共和国英雄”称号和金星奖章、一级国旗勋章。

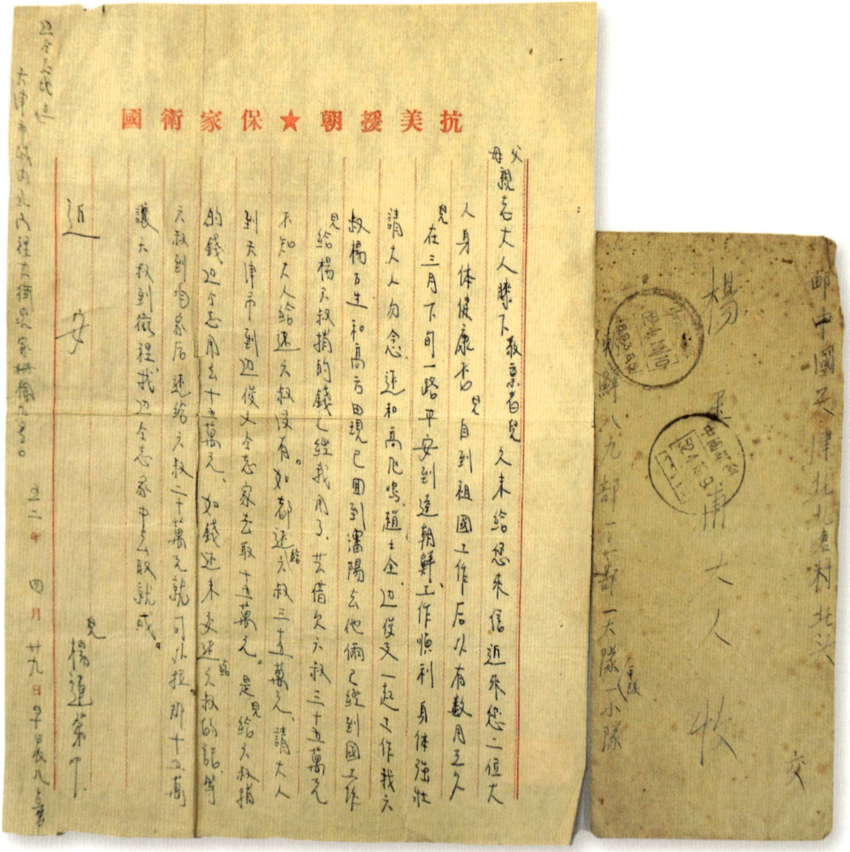
抗美援朝★保家衛國

家书原文

父母亲老大人膝下：

敬禀者，儿久未给您来信，近来您二位大人身体健康否，儿自到祖国工作后以（已）有数月之久，儿在三月下旬一路平安到达朝鲜，工作顺利，身体强壮，请大人勿念。还和高凤明、赵士全、边俊文一起工作。我六叔杨万生和高方田现已回到沈阳去，他俩已经到国工作。儿给杨六叔捎的钱已经我用了，共借欠六叔三十五万元，不知大人给还六叔没有。如都还给六叔三十五万元，请大人到天津市到边俊文同志家去取十五万元，是儿给六叔捎的钱边同志用去十五万元。如钱还未交还给六叔的话，等六叔到咱家后还给六叔二十万元就可以啦，那十五万让六叔到街里找边同志家中去取就成。

近安！

边同志地点：天津市城内北门里大街沈家栅栏九号。

儿　杨连第叩

五二年四月廿九日早晨八点笔

家书诵读

家书故事

杨连第 1919 年出生在天津的一个贫苦家庭，早年为了养家糊口，他学过武术，当过架子工、水电工，但从 1949 年 2 月他成为一名中国人民解放军铁道兵战士起，直到 1952 年 5 月牺牲时，他成了英雄。很多年后，杨连第的儿子杨长林在回顾父亲的一生时说：“因为这三年他不是为了个人，而是为了国家、为了人民在战斗。”受到父亲的影响，杨连第的三个子女都选择了参军入伍。

1949 年 8 月，中国人民解放军铁道兵团接到命令，为了保障野战军挺进大西北，追歼西窜之敌，必须在三个月内修复陇海线 8 号桥，尽快恢复通车。杨连第所在的铁道纵队参加了这项抢修任务。豫西三门峡的峡谷四面环山，8 号桥坐落在悬崖峭壁间，全长 150 多米，曾在抗日战争和解放战争中两次遭遇战火，只余下五座孤零零的桥墩遥遥相望。非常时期，人力物力短缺，当地民谣说“八号顶，八号顶，掉下来，摔成饼”，其险也若此，谁能上得去？紧急时刻，随军职工杨连第发现 2 号桥墩有两行铁夹板露在外面。夹板之间间隔 3 米多，而且每个夹板上都有圆孔。杨连第设想，用一根长杆绑上钩子，钩着夹板上的圆孔，可以一节一节爬上去，只要搭起单面云梯就能登上桥墩顶。最终他不负众望，成功登顶。为了抢时间把墩顶清理干净，杨连第只身一人，仅靠一块木板作掩护，连续爆破 100 多

◇ 杨连第在 8 号桥前留影。

次。他的耳朵被震聋了，头被震晕了，仍然坚持不下火线，直到完成全部任务。10 月 18 日，大桥架好最后一孔钢梁，提前 20 天胜利通车。铁道兵团党委给杨连第记大功一次，并授予他“登高英雄”的光荣称号。

1950 年，杨连第报名参加中国人民志愿军铁道兵团，入朝参战。当时，美军在战场上占有绝对的空中优势，战机肆无忌惮对朝鲜北部的铁路、公路进行毁灭性轰炸，志愿军后勤补给陷入极大困境。杨连第仔细观察敌机轰炸规律，开创了铁道兵利用空袭间隙白天抢修的先例。他总是带头爬上被炸毁的桥墩，没有丝毫畏惧。

1951 年 7 月，志愿军后勤补给线的重要枢纽清川江大桥被敌人炸断。这座大桥是满浦、平壤铁路线上运输粮食、弹药、武器等物资的重要桥梁，近百列火车的军用物资滞留江边。上有敌机轰炸，下有 40 年不遇的特大洪水，搭起的浮桥被冲垮十多次。关键时刻，杨连第凭借多年经验，首次提出利用交叉钢梁立在江底搭设浮桥的办法，解决了抢修难题，并与战友们连续奋战 30 余个昼夜，使中断的清川江大桥胜利通车，保证了前线军需物资供应。

◇ 杨连第在英雄劳动模范大会上给同志们写纪念册。

1951 年 9 月，杨连第被选为志愿军代表回国作报告，其间还曾回家乡作报告。他出席了全国铁路劳模代表会议，还参加了国庆观礼。他本可以继续留在国内，但他却选择再次回到朝鲜前线。1952 年 5 月 15 日凌晨，杨连第带着战士们在清川江桥上巡查时，发现新修的第三孔钢梁移动了 5 厘米，立即派人抬来压机准备移正钢梁。正当他指挥战友起重钢梁时，一枚敌机投下的定时炸弹爆炸，弹片击中了他的头部，杨连第英勇牺牲。志愿军总部为他追记特等功，授予“一级英雄”称号。

从 1949 年成为铁道兵开始到 1952 年 5 月 15 日牺牲，杨连第一共给家里写过六封信，分别写于 1950 年 2 月的石家庄、1951 年 1 月的保定、1952 年 2 月和 3 月的北京、1952 年 3 月的沈阳、1952 年 4 月的朝鲜。

这六封家书，大致显现出杨连第在牺牲之前两年间的征程轨迹，也表达出他对父母和家乡的深切眷恋。杨连第生前已是英雄，在朝鲜战场间或作战，间或回国休整并作巡回报告，通过在部队的学习，他的认识和觉悟都得到提高，所以在信中他对于部队的热爱溢于言表，也时常嘱咐父母家人响应政府号召、积极生产等。这封家书正是最后一封信，写于 1952 年 4 月 29 日，距离他牺牲只有 16 天，这很有可能就是杨连第的绝笔。在信件中，杨连第汇报了自己抵达朝鲜后的近况，同时仍不忘嘱咐父母记得归还杨六叔的欠款，其中一部分还借给了自己的战友边俊文，还细心地附上了边俊文的家庭住址，显示出杨连第诚实守信、细致认真、与战友肝胆相照的优良品质，让我们看到英雄以外，一个更加有血有肉的杨连第。

“登高英雄”杨连第创造的“登高精神”不会过时，始终激励人们以更高标准做好所从事的工作。以杨连第为代表的志愿军将士，用血肉之躯筑起了一条“打不烂、炸不断”的钢铁运输线，有力保障了前线补给，为赢得胜利作出了永不磨灭的历史贡献，功勋不朽，精神永存。

苏楠

站在光荣战斗最前面

黄继光致母书（1952 年 4 月 29 日）

黄继光（1931—1952）

四川中江人。1951 年 3 月报名参加中国人民志愿军，曾任志愿军第 15 军 45 师 135 团 2 营通信员。1952 年 10 月 20 日在上甘岭战役中，黄继光用胸膛堵住敌人地堡里疯狂扫射的枪眼，献出年轻的生命，牺牲后被追认为中国共产党党员，追记特等功，追授“特级英雄”荣誉称号，并荣获“朝鲜民主主义人民共和国英雄”称号和金星奖章，一级国旗勋章，入选“100 位新中国成立以来感动中国人物”。

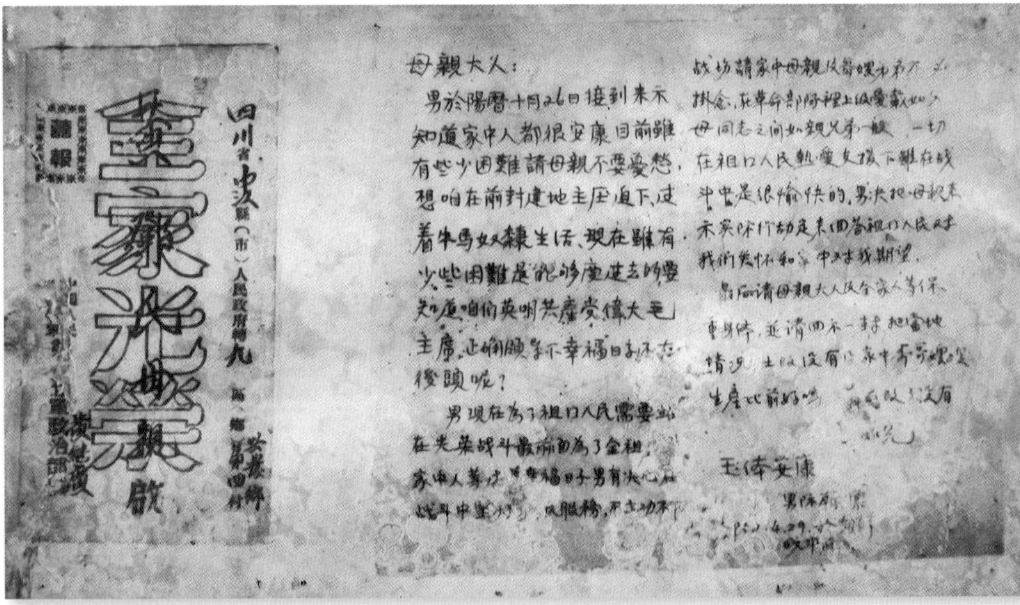

喜報

全家光榮

四川省　縣（市）人民政府轉　區　鄉　村

啟

母親大人：

男於陽曆十月26日接到來示，知道家中人都很安康，目前雖有些少困難，請母親不要憂愁，想咱在前封建地主壓迫下，過着牛馬奴隸生活，現在雖有少些困難是能夠度過去的，要知道咱們英明共產黨偉大毛主席，正[illegible]幸福日[illegible]後頭呢？

男現在為了祖國人民需要站在抗美戰斗最前面，為了全祖國家中人等過着幸福日子，男有決心在戰斗中[illegible]服務，立功[illegible]戰場，請家中母親及哥嫂弟弟不要掛念，在革命部隊裡上級愛戴如父母，同志之間如親兄弟一般，一切在祖國人民熱愛支援下，雖在戰斗中是很愉快的，男決把母親未來實際行動來回答祖國人民對我們關懷和家中對我期望。

最后請母親大人及全家人等保重身體，並請回示一封，把當地情況，土改沒有，家中哥哥嫂嫂生產比前好嗎？[illegible]

玉體安康

男[illegible]

[illegible]4.29[illegible]

家书原文

母亲大人：

男于阳历十月二十六日接到来示，知道家中人都很安康，目前虽有些少困难，请母亲不要忧愁。想咱在前封建地主压迫下，过着牛马奴隶生活，现在虽有少些困难，是能够度过去的，要知道咱们英明共产党、伟大毛主席正确领导下，幸福日子还在后头呢。

男现在为了祖国人民需要，站在光荣战斗最前面，为了全祖（国）及家中人等过着幸福日子，男有决心在战斗中坚决为人民服务，不立功不下战场。请家中母亲及哥嫂弟弟不必挂念。在革命部队里，上级爱戴如父母，同志之间如亲兄弟一般，一切在祖国人民热爱支援下，虽在战斗中，是很愉快的。男决（心）把母亲来示，实际行动定来回答祖国人民对我们关怀和家中对我期望。

最后请母亲大人及全家人等保重身体，并请回示一封，把当地情况、土改没有，及家中哥哥嫂嫂生产比前好吗？

祝玉体安康。

男　际广（继光）

1952 年 4 月 29 日战斗中

家书诵读

家书故事

1952年10月打响的上甘岭战役，是抗美援朝战争中最为惨烈的战役。4万余名志愿军战士在43天的枪林弹雨中，克服常人难以想象的艰难险阻，付出巨大牺牲，最终歼灭敌军2.5万余人，将胜利的旗帜插上上甘岭的主峰。在这次战役中，志愿军第15军涌现出三等功以上各级战斗英雄12347人，其中不少烈士与敌人同归于尽，留下姓名的就有38人之多，黄继光是其中最为著名的一位战斗英雄。

◇ 上甘岭阵地一角。

抗美援朝战争期间，全国范围内多次出现报名参军的热潮，刚刚翻身得解放的人民群众，以这种方式表达自己捍卫和平、保卫新生人民政权的坚强决心。1951年3月，中江县征集志愿军新兵时，黄继光是村子里第一个报名的，起初因身材较矮落选，但来征兵的营长被他的热情感动，同意破格录取。开赴朝鲜战场后，黄继光被分配至第15军45师135团2营当通信员。1952年4月，黄继光在战斗间歇给母亲邓芳芝写下了这封家书。

他在信中鼓励母亲不要为生活上的困难而忧心，要相信党，相信幸福的生活即将来临，他还叮嘱家人不要担心他，并满怀激情地写道：“为了祖国人民需要，站在光荣战斗最前面”，“不立功不下战场”。

年轻的黄继光用生命践行了自己的誓言。1952 年 10 月，在黄继光写下这封家信半年后，上甘岭战役打响。10 月 19 日，黄继光所在的营奉命反击上甘岭右翼的 597.9 高地。部队攻至半山坡时，被敌人设置在山顶附近的一个地堡挡住了前进的攻势。敌人在地堡中架设机枪，火力非常凶猛，必须摧毁这个火力点才能继续进攻，完成反击任务。时至深夜，指挥战斗的 135 团 2 营参谋长和 6 连连长连续派出几个爆破小组，但由于敌人火力太猛，战士们还没有到地堡前就牺牲了。面对严峻的局面，黄继光主动请战，带领吴三羊、肖登良两位战士执行爆破任务。当接近地堡时，吴三羊中弹牺牲，肖登良身负重伤。黄继光也多处负伤，但他依然冒着敌人机枪的疯狂射击继续前进，连投几枚手雷，都未能彻底摧毁火力点。在最后的关键时刻，重伤在身的他拼尽最后的力气一跃而起，用胸膛堵住了敌人的枪口，用生命扫清了前进障碍。10 月 20 日清晨，战斗结束。战友们在地堡前找到了黄继光的遗体，发现他整个人趴在地堡上，双手紧紧抓着地堡旁的麻包，胸腹部血肉模糊，背部已被洞穿。

面对丧子之痛，黄继光的母亲邓芳芝展现出了惊人的果敢与坚忍。她不仅将自己的小儿子黄继恕也送上了朝鲜战场，而且还立下了一条家规：“黄家的孩子，只要符合条件，长大后必须报名参军报国。”黄继光牺牲后，毛泽东曾接见邓芳芝，在接见过程中，她始终面带笑容，没有掉过一滴眼泪。对此，邓芳芝曾解释道：“我的儿子牺牲了，我怎么可能不难过？”“可是我又

◇ 黄继光的母亲邓芳芝。

怎么能在主席面前表现得痛不欲生，我们都是烈属，我也怕勾起主席的伤心事啊……”这位英雄母亲同她的儿子一样，以高尚的精神和坚强的意志获得了全国人民的尊敬。

黄继光牺牲后被追记特等功、授予“特级英雄”荣誉称号，成为志愿军仅有的两位“双特”（特级英雄、特等功臣）人物之一（另一位是杨根思）。

时至今日，黄继光生前所在的连队已经成为中国空降兵的一把尖刀，连队的官兵都尊称黄继光为“老班长”，每天点名时，第一个点的名字永远是“黄继光”，一人点名、全体答“到”，英雄的伟大精神就这样代代传承，指引新一代官兵继续奋勇前行。

陶砥

上甘岭上战旗红

黄金菱致父母书（1952年7月12日）

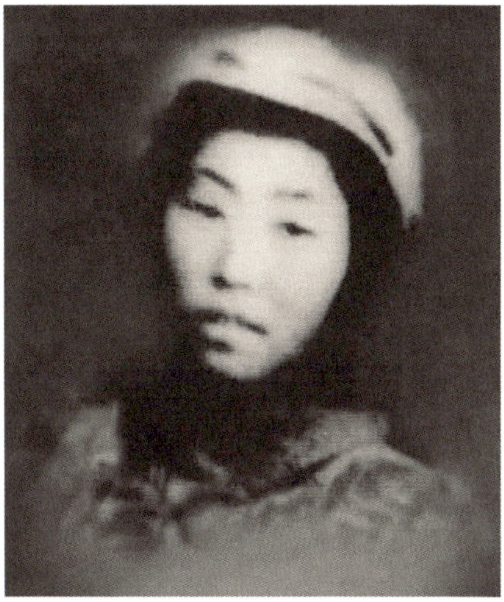

黄金菱（1934—1952）

湖南浏阳人。1934年8月出生于陕西西安一个爱国军人家庭。她从小受到祖父和父亲爱国思想的影响，立志报效祖国。黄金菱先后在西安市立中学、四川省简阳女中学习。1950年9月，正在简阳女中读书的黄金菱响应“抗美援朝，保家卫国”的号召，加入了中国人民志愿军，被编入志愿军第15军29师，在师部担任文书工作。1951年3月25日，黄金菱随部队跨过鸭绿江，奔赴抗美援朝前线，同年加入中国新民主主义青年团。她先后参加了第五次战役、1951年夏秋季防御作战、反“绞杀战”斗争、1952年春夏巩固阵地斗争和上甘岭战役，曾两次荣立三等功。1952年10月20日，在上甘岭战役中，年仅18岁的黄金菱为保护伤员英勇牺牲。

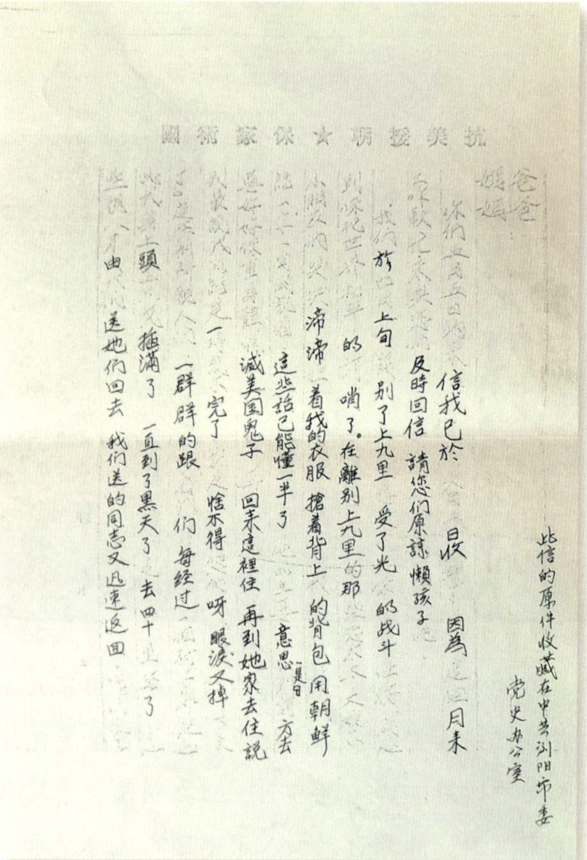

抗美援朝★保家衛國

爸爸
媽媽：

信我已於　　日收　因為　　月未
及時回信　請您们原諒懶孩子
於　上旬　别了上九里　受了光　的战斗
的　　哨了。在離别上九里的那
滞滞　着我的衣服　搶着背上　的背包用朝鲜
這些話已能懂一半了　　意思是　方去
诚美国鬼子　回来這裡住　再到她家去住說
一　　完了　　恪不得　　呀　眼淚又掉
一群群的跟　　们　每经过
　頭　　插滿了　一直到了黑天了　去四十里　了
由　送她们回去　我们送的同志又迅速返回

此信的原件收藏在中共沁阳市委
党史办公室

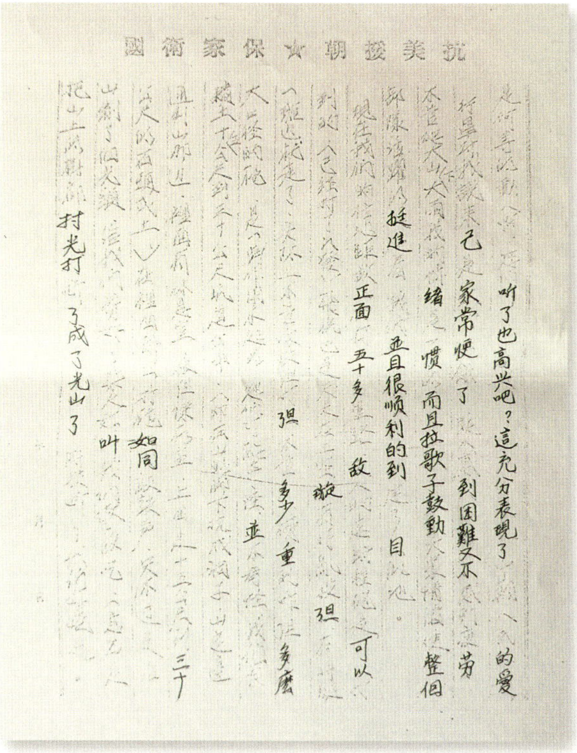
抗美援朝★保家衛國

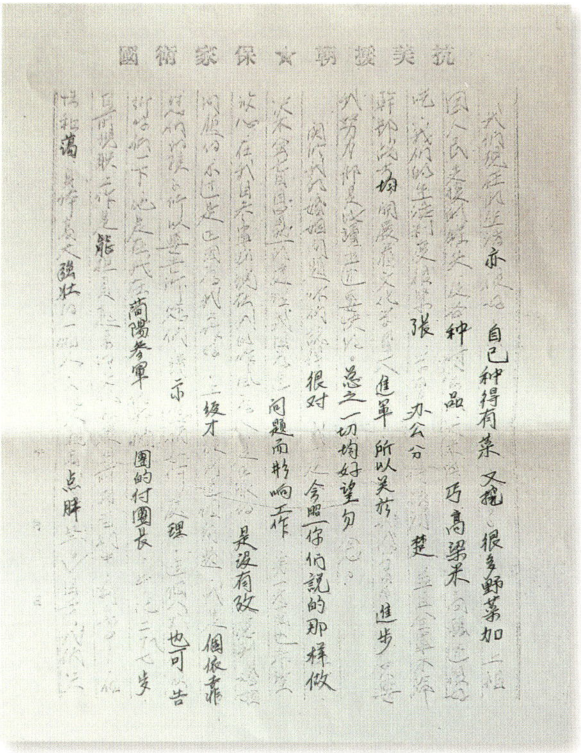
抗美援朝★保家衛國

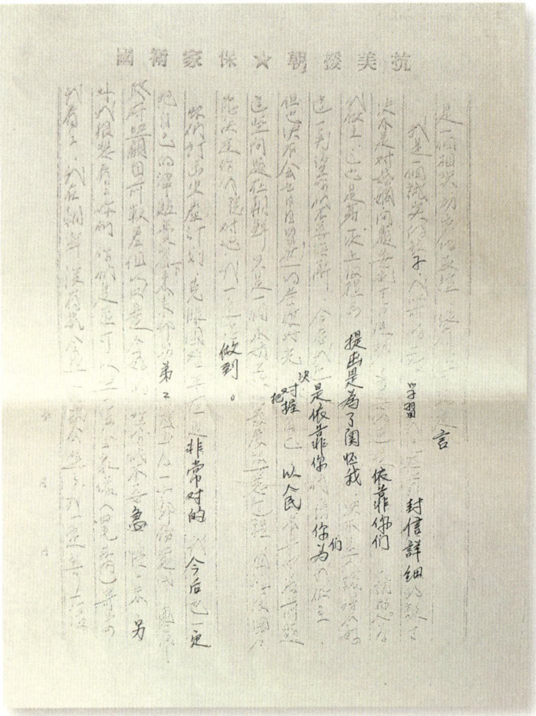
抗美援朝★保家衛國

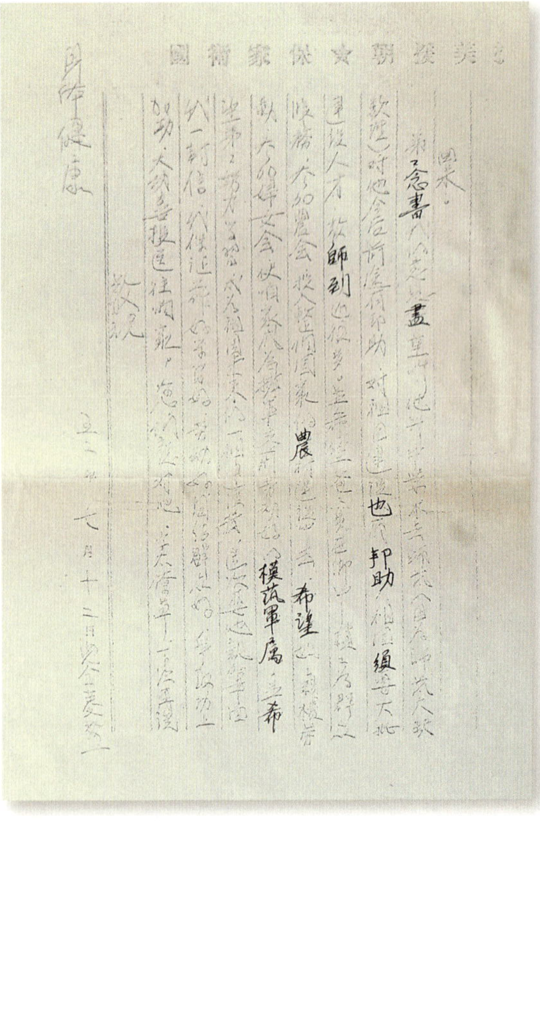
抗美援朝★保家衛國

家书原文

爸爸妈妈：

你们五月五日的来信我已于六月二日收到了，因为这个月来工作较忙未与您们及时回信，请您们原谅懒孩子吧。

我们于四月上旬离别了上九里，接受了光荣的战斗任务，开赴到保卫世界和平的前哨了。在离别上九里的那些老太太、大嫂子、小朋友们哭哭滞滞（啼啼）拉着我的衣服，抢着背上我的背包，用朝鲜话一字一句的说着，这些话已能懂一半了，他的主要意思是："到前方去要好好保重身体，消灭美国鬼子，再回来这里住，再到她家去住，说到最（后）说我的话是一时说不完了，就是舍不得您们呀！眼泪又掉下来了。"这些朝鲜亲人们一群群的跟着我们，每经过一个村子都是如此。我身上头上的花插满了，一直到了黑天了，走去四十里路了，这些亲人才由我们送她们回去，我们送的同志又迅速返回。你们说这是何等的动人啊，您们听了也高兴吧？这充分表现了中朝人民的爱。

行军对我说来已是家常便饭了，既不感到困难，又不感到疲劳，不管爬大山下大雨我的情绪是一惯（贯）的，而且拉歌子鼓动大家情绪，使整个部队活跃的挺进着，我们并且很顺利的到达了目的地。

现在我们的住（驻）地距敌正面有五十多里路，敌人的远射程炮是可以打到的（已经打了几发），飞机也是天天在上空琁(旋)，有时乱投弹，有时琁(旋)一琁(旋)也就走了，实际上不管你投弹打弹，不管多少磅重的炸弹、多么大口径的炮，是一点作用不起的。您们可能奇怪，并不奇怪，我们有积土十五公尺到三十公尺坑道公（工）事（即在山的脚下挖成洞子，山这边通到山那边，里面有休息室、粮弹保存室、上面是十五公尺到三十公尺的石头或土），在里面办公、打炮如同敲鼓声，只不过是给山削了个光头，给我们劈好了柴火，好叫我们做饭吃（意思是把山上的树都打光打断了，成了光山了，树枝断了，我们要烧水）。

我们现在的生活亦很好，自己种得有菜，又挖了很多野菜，加上祖国人民支援的罐头及各种付（副）食品、大米白面、高粱米高稷还很好吃。我们的生活制度很紧张，学习办公分得很清楚，并且全军不论干部战士均开展着文化学习大进军，所以关于我的学习进步，只要我努力，那是比读书还要快的。总之，一切均好望勿念。

关于我的婚姻问题你们说得很对，我一定会照你们说的那样做，决不会盲目冒（贸）然的处理或因为这问题而影响工作；另一方面也希望放心，在我自参军到现在我的作风为人是正派的，是没有考虑到婚姻问题的。不过是正因为我为人好，上级才提到这个问题，我是个依靠您们的孩子所以要告诉您们，请示您们如何处理。这个人我也可以告诉你们一下，他是在我在简阳参军的那个团的付（副）团长，年纪二十七岁。目前现职工作是能担负起来的，文化程度目前相当初中到高中，但性（格）和蔼，身体高大强壮的一个人（比父亲高点胖些）。目前我们只是一个相识初步的友谊，没有任何的定言。

我是一个诚实的孩子，我以前的工作学习我已在前封信详细的谈了，决不是对婚姻问题要求十分迫切，主要的还是依靠你们，请您为我做主。这也是第一次上级提出，提出是为了关怀我，决不是我搞得不好，这一点望你们不要误解。今后我还是依靠你们，请你们为我做主，但也决不会盲目冒（贸）然的答复对光（方），决（绝）对把握自己，以人民事业为前题（提）。这些问题在朝鲜只是一个不妨工作的发展熟悉过程，回祖国方能决定，你们说对吧，我一定能做到。

你们订出生产计划、克服困难生产是非常对的，我今后也一定把自己的津贴费省下来，来帮助弟弟读书及一小部份家用零用。政府照顾目前较差但以后是会好的，望你们不要急、慢慢来。另外我很想看看你们，你们是否可以照一张全家像（四毛在内）寄来我看看。我在朝鲜没有机会照，有机会照了，我一定寄一张回来。

弟弟念书，我的意见尽量叫他升中学不去师范（因为师范不教数理），对他今后前途有帮助，对祖国建设也有帮助。祖国须（需）要大批建设人才，教师到（倒）还很多。并希望爸爸多在乡中积极为群众服务，参加农会，投入整个国家的农村建设中去。希望妈妈积极劳动，参加妇女会、使咱家成为拥军支前劳动好的模范军属。并希望弟弟努力学习，成为祖国未来的一个建设者。这次要他亲笔回我一封信。我保证工作好、学习好、劳动好、团结群众好，争取功上加功，大功喜报送往咱家，您们说对吧。字太潦草，下次再说。

敬祝

身体健康！

五二年七月十二日

儿金菱敬上

家书诵读

家书故事

1951 年 4 月 22 日至 6 月 10 日，中朝军队发起了第五次战役，这是抗美援朝战争期间规模最大的一次战役，交战双方投入的总兵力达 100 万人，连续激战 50 天。中朝军队歼敌 8.2 万余人，最终取得了战役的胜利。

第五次战役打响后，中国人民志愿军第 15 军 29 师指挥部外不时传来火炮的轰隆声。17 岁的黄金菱请求师首长让她参加战斗。29 师首长见她年纪小，将她留在师部机关。但是黄金菱坚决要求上前线，师首长见她如此坚决，最后将她派往师后勤处政工股做宣传鼓动和战地救护工作。黄金菱报到后就随运输部队上了前线，除运输干粮外，还直接参与抢救了 40 多名伤员。

第五次战役结束后，部队开到朝鲜遂安东南上九里一带休整。黄金菱随后勤处领导先期到达了上九里，借住在老乡家。直到 1952 年 4 月 14 日，志愿军第 15 军离开了上九里，向金化以北地区挺进，担任阵地防御任务。黄金菱这封家信就是写于部队备战期间。有一次，附近一位金姓阿妈妮患重病，部队成立了医疗小组进行抢救，黄金菱是其中一员。一天深夜，阿妈妮被浓痰卡住，生命垂危。当时无适当的器械，黄金菱毫不犹豫地俯下身子，不顾病毒感染，用嘴将阿妈妮喉中的浓痰吸出，在场的人无不深受感动。在抢救小组的精心治疗下，阿妈妮很快康复了。这年年终评比，黄金菱因表现出色，荣立了三等功。

以黄金菱为代表的中国人民志愿军指战员像对待自己的亲人一样爱护朝鲜人民，朝鲜人民也深深爱戴志愿军战士，正如黄金菱在家信中写道的那样：“在离别上九里的那些老太太、大嫂子、小朋友们哭哭啼啼拉着我的衣服，抢着背上我的背包”。“这些朝鲜亲人们，一群群的跟着我们，每经过一个村子都是如此”。信中描写的场景，充分表达出中朝两国人民相亲相爱、宛如一家人的真挚感情。

◇ 黄金菱和父亲、弟弟的合影。

黄金菱在艰苦的战争环境中，始终保持着革命乐观主义精神，“行军对我说来……既不感到困难，又不感到疲劳，不管爬大山下大雨我的情绪是一贯的，而且拉歌子鼓动大家情绪”。通过她写的这封家信，我们能感受到战争的异常激烈，“敌人的远射程炮是可以打到的（已经打了几发），飞机也是天天在上空旋”。即使在这样激烈紧张的战争环境里，黄金菱和全体志愿军指战员仍然“开展着文化学习大进军”，确实令人敬佩！虽然远在朝鲜战场，黄金菱心中依然牵挂家人，鼓励父母投身到国家农村建设中去，“使咱家成为拥军支前劳动好的模范军属”，鼓励家人为国家和社会多作贡献，令人肃然起敬！

1952 年 10 月，“联合国军”向金化以北上甘岭地区发动攻势，先后动用 6 万余人，投掷炸弹 5000 余枚，发射炮弹 190 余万发，将阵地土石炸松 2 米。志愿军 29 师和兄弟部队顽强坚守阵地，打退了敌人的一次次进攻。由于志愿军的供应线被敌人切断，志愿军前线部队严重缺水、缺粮、缺药，急需组织运输队。黄金菱主动请求参加运输队，但没获批准。战斗愈打愈激烈，黄金菱再次请求上前线参加战斗，被派往救护队协助工作。一次，

◇ 坚守在上甘岭阵地上的志愿军战士向敌人射击。

黄金菱与战友们在阵地上遇到志愿军的几名伤员，当时没有担架，黄金菱和战友们只有背着伤员，她选择的伤员比她高出一头，体重超过她一倍。这时，敌人又朝他们射击，她只好让伤员紧贴在背上，爬着艰难地回到包扎所。师部得知这些情况后，给黄金菱记了三等功。

1952 年 10 月 20 日，是上甘岭战斗最激烈的一天。黄金菱这天参加的是真荣洞的救护工作。她刚为一位重伤员换了药，多架敌机突然飞来投弹、扫射，两枚重磅炸弹同时落在包扎所顶部，不少伤病员和救护人员当场牺牲。黄金菱为了保护伤员，英勇牺牲，年仅 18 岁。

为了祖国、为了人民、为了和平，黄金菱同在上甘岭战役中牺牲的无数英雄儿女一样，始终发扬爱国主义精神、革命英雄主义精神，英勇顽强、坚决战斗，不怕牺牲、血战到底。他们的精神历久弥新，激励着我们为全面建成社会主义现代化强国和中华民族伟大复兴不懈奋斗！

任建玲

烈火铸英魂

吕玉久致母书（1952 年 9 月 3 日）

吕玉久（1931—1953）

重庆人。1951 年参加革命，是中国人民志愿军第 63 军 187 师担架营 3 连战士。1953 年 4 月 21 日上午，美军飞机在朝鲜北部的黄海道平泉郡境内的金刚山上投下燃烧弹。吕玉久和战友张明禄不顾个人安危从烈火中救出了八名朝鲜妇女后英勇牺牲。吕玉久被追认为中国共产党党员，追记特等功，授予“二级爱民模范”称号。

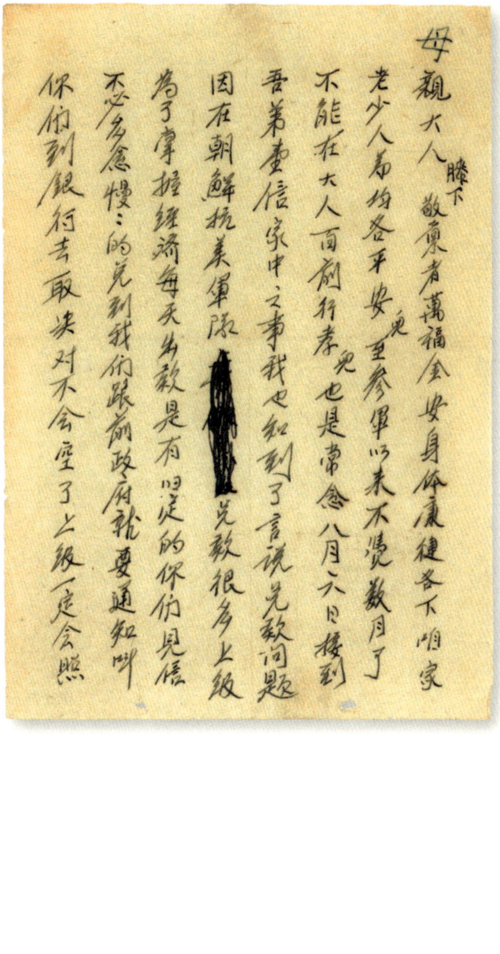

母
親大人膝下 敬禀者萬福金安身体康健各下咱家
老少人等均各平安 兒至參軍以來不覺數月了
不能在大人面前行孝 兒也是常念八月六日接到
吾弟壹信家中之事我也知到了言說兑款問題
因在朝鮮抗美軍隊[redacted]兑款很多上級
為了掌握經濟每天兑款是有限定的你们見信
不必多慮慢慢的兑到我们跟前政府就要通知叫
你们到銀行去取决对不会空了上級一定会照

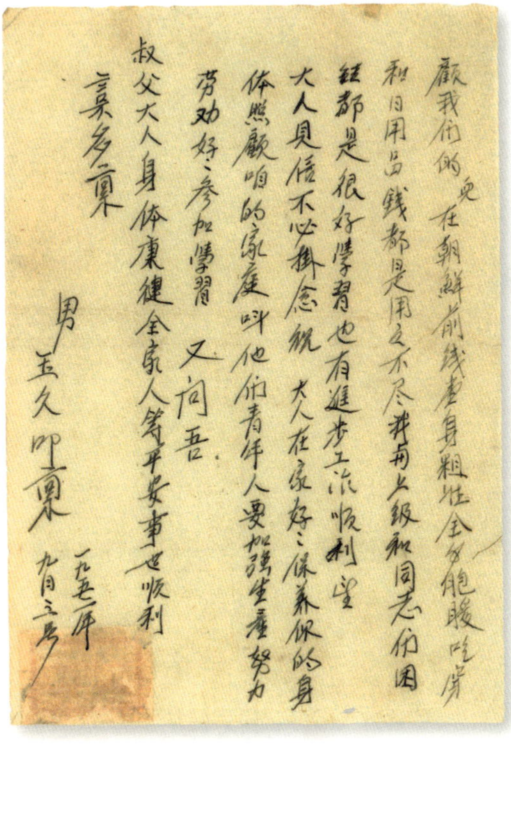

顧我们的 兒在朝鮮前线壹身粗壮全身飽暖吃穿
和日用品錢都是用之不尽我有上級和同志们因
經都是很好學習也有進步工作順利望
大人見信不必掛念我 大人在家好好保养你的身
体照顧咱的家庭叫他们青年人要加强生產努力
勞动好好參加學習 又問吾
叔父大人身体康健全家人等平安事也順利
禀多禀
男 玉久叩禀
一九五一年 九月二号

家书原文

母亲大人膝下：

敬禀者，万福金安，身体康健。各下咱家老少人等均各平安。儿至参军以来不觉数月了，不能在大人面前行孝，儿也是常念。八月六日接到吾弟书信，家中之事我也知到（道）了，言说兑款问题，因在朝鲜抗美军队兑款很多，上级为了掌握经济，每天出款是有归（规）定的。你们见信不必多念，慢慢的兑，到我们跟前，政府就要通知叫你们到银行去取，决（绝）对不会空了，上级一定会照顾我们的。儿在朝鲜前线一身粗壮，全身胞（饱）暖，吃穿和日用品、钱都是用之不尽。我与上级和同志们团结都是很好，学习也有进步，工作顺利。望大人见信不必挂念。祝大人在家好好保养你的身体，照顾咱的家庭，叫他们青年人要加强生产，努力劳劝（动），好好参加学习。又问吾叔父大人身体康健，全家人等平安，事业顺利。言不多禀。

男玉久叩禀

一九五二年九月三号

家书诵读

家书故事

70多年前，由中华优秀儿女组成的中国人民志愿军同朝鲜人民和军队一道，历经两年零九个月艰苦卓绝的浴血奋战，赢得了抗美援朝战争伟大胜利。在抗美援朝战争中，中朝两国人民和军队休戚与共、生死相依，用鲜血凝结成了伟大战斗友谊，其中涌现了不少感人事迹，除了我们耳熟能详的罗盛教跳入冰窟解救落水朝鲜儿童的故事外，还有吕玉久和战友张明禄冒死在火灾中救出八名朝鲜妇女的故事。

吕玉久，1931年9月出生于四川荣昌（今重庆市荣昌区）油菜乡凉风村的贫困农民家庭，18岁成家，19岁做了父亲。新中国成立后，为让家人过上更好的日子，他来到成渝铁路建设工地，当了一名筑路工人。吕玉久刻苦认真，积极上进，很快便加入了青年团。1951年3月，部队来工地招收抗美援朝志愿军，吕玉久没有丝毫犹豫就报了名。凭着一腔热血，吕玉久在20岁风华正茂的年纪，辞别家人，奔赴抗美援朝的战场。

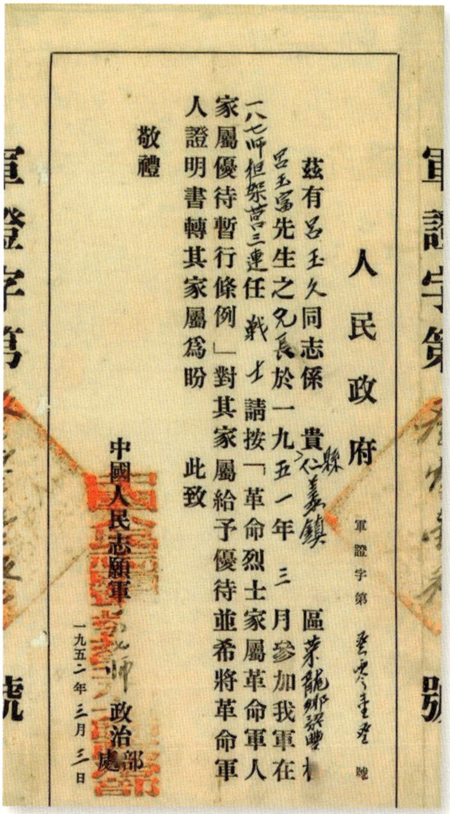
人民政府
軍證字第　號
茲有呂玉久同志係貴縣仁義鎮區榮龍鄉[illegible]村呂玉富先生之兄長於一九五一年三月參加我軍在一八七師担架營三連任戰士請按「革命烈士家屬革命軍人家屬優待暫行條例」對其家屬給予優待並希將革命軍人證明書轉其家屬爲盼
此致
敬禮
中國人民志願軍一八七師政治部
一九五二年三月三日

◇ 志愿军一八七师政治部函请荣昌县政府对吕玉久家属予以优待并转给革命军人证明书。

到了部队以后，经过突击训练，吕玉久成为志愿军第63军187师担架营3连的战士，很快便上了朝鲜战场。在朝鲜战场上，他总是心系家中亲人，念及自己不能在父母面前尽孝，经常和家人通信。他在信中告诉家人自己在朝鲜身体健康，生活待遇优厚，人际关系良好，自己学习进步、工作顺利，让父母放心。

吕玉久在朝鲜战场上快速成长为一名不怕牺牲、勇挑重担的志愿军战士。作为担架营的战士，他的主要职责是护送伤员撤离，而穿越在生死一线间，不仅需要勇气，更需要过硬本领。于是，他和搭档张明禄一有时间就苦练技术，提升速度，配合越来越默契。战场上，不管环境多么险恶，只要发现伤员，吕玉久和张明禄总是第一时间冲上去。

1953 年 4 月 21 日晨，在朝鲜北部黄海道平泉郡境内，美国飞机掷下的燃烧弹使金刚山燃起熊熊大火。吕玉久和张明禄不顾刚执行完任务的疲惫，立即随同战友和朝鲜人民赶到山上救火。吕玉久救火时忽然听到几个朝鲜女子呼救的哭喊声，他立刻循着声音冲进火海，张明禄也紧跟着冲了进去。浓烟熏得人几乎无法睁眼，他们只能凭着微弱的声音判断被困女子的位置。不管她们是否能听懂，吕玉久都拼命地呼喊着。找到被困的李贞淑、吉时子、郑景南和申善花时，她们正伏在地上无助地哭泣，吕玉久和张明禄一人背一个，在火海里折返两趟，终于把她们全部带到了安全地带。

就在这时，南山头北面的小山沟里又冒起了黑烟，火苗趁着风势向着志愿军堆放物资的防空洞方向迅速蔓延。四位朝鲜妇女李浩世、崔春凤、金善玉和郑玉男正在那里参与救火，突然，一阵大风刮来，浓烈的火焰滚来卷去，将她们包围起来。四人被突如其来的大火吓住了，紧紧拥抱在一起，惊恐地哭起来。吕玉久和张明禄听到她们的呼救声，又一次冲进了火海。两人一人背一个，再拉一个，一口气跑出 20 多米，将大家带离了险境。

两场救火，神经紧绷，也没有得到足够的休息，吕玉久已经有些体力不支了。忽然，他看到火海里还有人影在晃动，于是又一次冲进了火海。但这一去，他再也没能出来。大火整整烧了四个半小时，当大家找到吕玉久时，看见他已被烧焦的身体扑倒在一块大石头上，跟在他身后的张明禄与他相距不过三米。

吕玉久、张明禄牺牲后，当地军民都含着泪水传颂着他们舍身救人的英勇事迹。在为他们举行的追悼大会上，朝鲜人民代表沉痛致悼词：“两位烈士高贵的品质和伟大的国际主义精神，永远活在我们心里。”被救的八位朝鲜妇女组成“吕玉久、张明禄生产突击队”，继续传递着这份精神。

◇ 获救朝鲜妇女自发组成“吕玉久、张明禄生产突击队”。

中国人民志愿军政治部批准吕玉久、张明禄为革命烈士，追认二人为“特等功臣”，并授予“二级爱民模范”称号；根据吕玉久烈士生前的志愿追认其为中国共产党党员。吕玉久的出生地“凉风村”被改名为“玉久村”，以纪念这位伟大的国际主义战士。

任昊

为达到理想而斗争

卢冬致姊书（1952 年 10 月 27 日）

卢冬（1932—　）

原名卢观颐，1932 年出生于天津，1937 年随家人移居香港，1948 年在香港培正中学初中毕业。1949 年，卢冬离家参加东江游击队，8 月成为东（莞）宝（安）地区粤赣湘边纵队东江第 1 支队 3 团 3 连（海鹰队）战士，并加入了中国新民主主义青年团。新中国成立后，卢冬编入珠江军分区独立 16 团 2 营，历任排长、连队文化教员等职。1951 年 10 月独立 16 团赴朝鲜参战，卢冬坚决请战，被编入中国人民志愿军第 19 兵团 65 军，随部队驻守在开城前线临津江畔，后调入第 195 师政治部文工队，在前沿阵地演出。1952 年卢冬担任文工队创作组长，创作的相声《访问志愿军》被选送到志愿军总部汇演，荣获优秀创作奖。1985 年加入中国共产党。

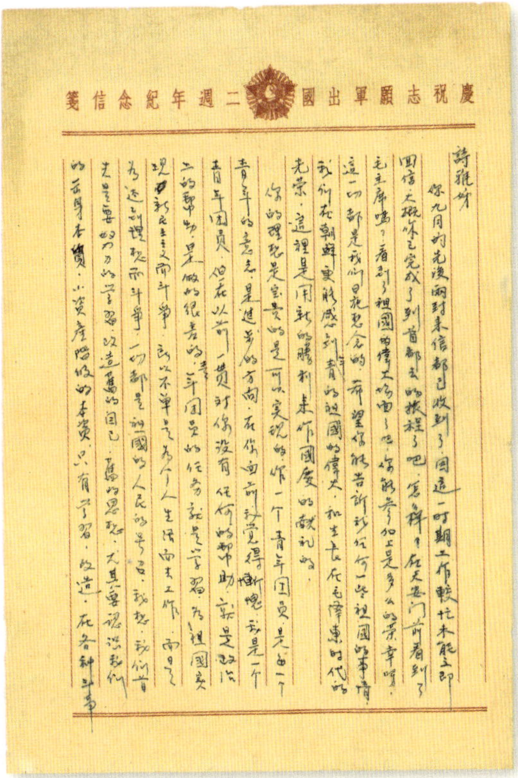
慶祝志願軍出國二週年紀念信箋

詩雅：

你九月的先後兩封來信都已收到了，因這一時期工作較忙未能立即回信。大概你已完成了到首都去的旅程了吧。怎樣？在天安门前看到了毛主席吗？看到了祖國的偉大的面貌了吧。你能参加上是多么的荣幸呀。這一切都是我们日夜思念的，希望你能告訴我们一些祖國的事情。我们在朝鮮更能感到青年的祖國的偉大，和生長在毛澤東时代的光荣。這裡是用新的勝利来作國慶的献礼的。

你的理想是完全可以实现的，作一个青年团员，是每一个青年的意志，是進步的方向，在你面前我觉得慚愧，我是一个青年团员，但在以前一贯对你没有任何的帮助，就是政治上的帮助，是做的很差的。青年团员的任务就是学習，为祖國实现新民主主义而斗爭，所以不單是为个人生活而去工作，而是为達到理想而斗爭，一切都是祖國的人民的号召。我想，我们首先是要努力的学習，改造舊的自己，舊的思想，尤其要認識我们的出身本質，小资产階級的本質，只有学習，改造，在各种斗爭

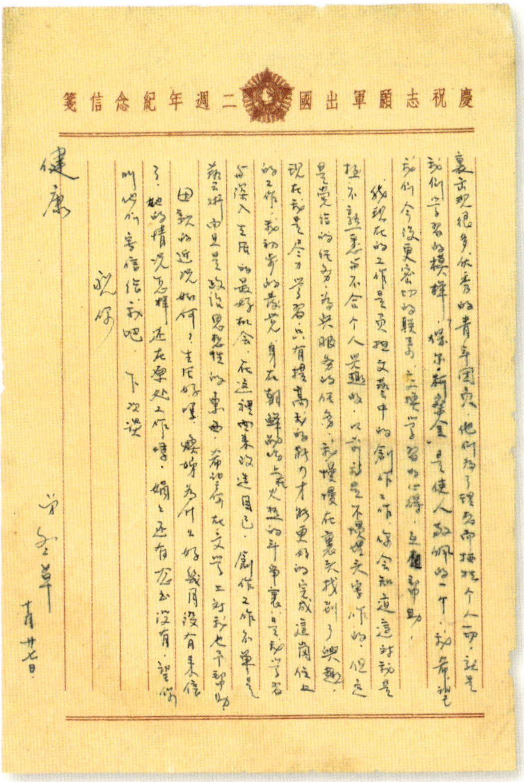
慶祝志願軍出國二週年紀念信箋

裏去现很多优秀的青年团员，他们为了理想而牺牲个人一切，就是我们学習的模樣，保尔·柯察金是使人敬佩的一个，我希望我们今後更密切的联系，交換学習的心得，互相帮助。

我现在的工作是负担文藝中的創作工作，你会知道這对我是極不熟悉而不合个人兴趣的，以前我是不愿担负寫作的，但这是党给的任务，为共服务的任务，我慢慢在裏头找到了兴趣，现在我是尽力学習，只有提高我的能力才能更好的完成這岗位上的工作，我初步的發觉身在朝鮮战地火热的斗爭裏，是我学習与深入生活的最好机会，在這裡要来改造自己，創作工作不單是藝术而且是政治思想性的东西，希望你在文学上对我也予帮助。

田叔的近况如何？生活好嗎？娘娘为什么好几月没有来信了，她的情况怎样，还在原处工作嗎，婿婿还有信来没有，望你叫他们寄信给我吧。下次谈

祝你

健康

卢冬草

十廿七日

家书原文

诗雅姊：

你九月的先后两封来信都已收到了，因这一时期工作较忙，未能立即回信，大概你已完成了到首都去的旅程了吧，怎么样？在天安门前看到了毛主席吗？看到了祖国的伟大场面了吧？你能参加上是多么的荣幸呀！这一切都是我们日夜想念的，希望你能告诉我任何一些祖国的事情。我们在朝鲜更能感到年青（轻）的祖国的伟大，和生长在毛泽东时代的光荣。这里是用新的胜利来作国庆的献礼的。

你的理想是宝贵的，是可以实现的。作（做）一个青年团员是每一个青年的意志，是进步的方向。在你面前我觉得惭愧，我是一个青年团员，但在以前一贯对你没有任何的帮助，就是政治上的帮助，是做的很差的。青年团员的任务就是学习，为祖国实现新民主主义而斗争，所以不单是为个人生活而去工作，而是为达到理想而斗争，一切都是祖国的人民的号召。我想，我们首先是要努力的学习，改造旧的自己、旧的思想，尤其要认识我们的出身本质、小资产阶级的本资（质），只有学习、改造。在各种斗争里出现很多优秀的青年团员，他们为了理想而牺牲个人一切，就是我们学习的模样，保尔·柯察金是使人敬佩的一个。我希望我们今后更密切的联系，交换学习的心得，互相帮助。

我现在的工作是负担文艺中的创作工作，你会知道这对我是极不熟悉与不合个人兴趣的，以前就是不惯埋头写作的，但这是党给的任务，为兵服务的任务，我慢慢在里头找到了兴趣。现在我是尽力学习，只有提高我的能力才能更好的完成这岗位上的工作。我初步的发觉身在朝鲜战场上，在火热的斗争里，是我学习与深入生活的最好机会，在这里面来改造自己。创作工作不单是艺术，而且是政治思想性的东西。希望你在文学上对我也（给）予帮助。

母亲的近况如何？生活好吗？焕姊为什么好几月没有来信了？她的情况怎样，还在原处工作吗？娟娟还有念书没有？望你叫他们写信给我吧。下次谈。

祝你健康！

弟　冬草

十月廿七日

家书诵读

家书故事

在抗美援朝前线，不仅有成千上万的志愿军将士浴血奋战，还有一批从事政治文化宣传、物资运输保障等工作的战地服务人员，他们同样为抗美援朝战争的胜利作出了巨大贡献，卢冬就是其中一位杰出代表。

卢冬 1948 年在香港培正中学初中毕业，1949 年在地下党员庄少萍的影响下，决定到广东打游击，在香港地下党的引领下加入东江游击队。解放后卢冬编入珠江军分区独立 16 团 2 营，历任排长、连队文化教员等职。

1950 年 10 月，中国人民志愿军赴朝作战。从那时起，卢冬一直积极关注朝鲜战事的动态。12 月左右，上级单位来部队抽调 20 人去朝鲜前线，卢冬立即请战，并写血书表明自己的意志和决心。但他当时年仅十八九岁，参谋长表示部队还需要他，没有安排卢冬参战。

1951 年 7 月，卢冬所在团在佛山大戏院举行誓师大会，随后动员准备奔赴朝鲜。卢冬和战友们坐着两边各有一个口的铁罐火车，经过七天七夜到达山海关。在卢冬看来，到了山海关就基本上可以到朝鲜前线了，因此他的心情十分激动。他在山海关度过了国庆节，其间，他组织国庆文艺晚会，组织战友们第一次唱由王莘作词、作曲的《歌唱祖国》，显示出较高的文艺才能和组织能力。

但不久卢冬接到命令，部队要把级别在排以下的战士交给志愿军，级别在排以上干部一律返回广东。卢冬不愿接受，于是在要回广东的那天悄悄地躲起来，没有跟着队伍上火车。他藏到了伤员的被窝里，后又躲在海边的森林，在森林里蹲到傍晚才出来，因此留了下来。卢冬虽然知道这是违反纪律的事情，但还是坚持前往抗美援朝前线抗击侵略者，保家卫国。

卢冬被编入中国人民志愿军第 19 兵团 65 军，随部队驻守在开城前线临津江畔，后被调入第 195 师政治部文工队，负责在前沿阵地演出。文工队意味着无法到前线作战，卢冬心中有些不甘，但师政治部主任告诉他，文艺就是武器，鼓励他宣传政策，鼓舞志愿军的士气。

1952 年，卢冬被任命为第 195 师政治部文工队创作组长。正如他在给姐姐卢诗雅写的家书中所言，虽然文艺工作对他而言是极不熟悉与不合个人兴趣的，但因为这是党给的任务，为志愿军将士服务的任务，卢冬慢慢在其中发现了兴趣，认识到创作工作不单是艺术，而且是政治思想性的东西。他在朝鲜战场上，在火热的斗争里，尽力学习、深入生活，提高能力，创作了很多文艺精品。

在阵地坑道穿梭，卢冬看到北方的相声能表达志愿军战士们乐观的状态，就编写了相声《访问志愿军》。作品被选送到志愿军总部会演，荣获优秀创作奖。相声《访问志愿军》在开城欢迎中国人民赴朝慰问团的晚会演出后，受到慰问团分团长巴金同志的热情赞扬。

◇ 1949 年 12 月，卢冬和大姐卢诗雅在广州柔济医院的合影。

卢冬所在部队驻地的左后方就是上甘岭，上甘岭战役旷日持久。卢冬在深度参与、深入观察上甘岭战役的基础上，创作了山东快书《夜战八六点九》，讲述了所在部队攻打 86.9 高地的经过。随后，《夜战八六点九》在 1952 年秋季战术反击战的庆功大会上演出，接着又在前沿坑道阵地巡演，受到前线战友的热烈欢迎。在全军文艺汇演中荣获二等奖，卢冬还因此受到了军首长的接见。

在朝鲜战争的烽火中，卢冬把志愿军的革命英雄主义和乐观主义精神说出来、唱出来，极大鼓舞了前线将士们的士气。1953 年，卢冬不幸感染严重的肺病，经组织安排回国接受检查，在黑龙江海伦医院诊断为肺结核，他因此不能再回到朝鲜战场。卢冬回到广东，后转业到广州市工商业联合会工作，1956 年考入北京大学中文系，毕业后一直在广东从事教育工作。

当年，卢冬在给姐姐的信中重点讨论了加入青年团的问题。他说：“青年团员的任务就是学习，为祖国实现新民主主义而斗争，所以不单是为个人生活而去工作，而是为达到理想而斗争，一切都是祖国的人民的号召。”卢冬在 1949 年 8 月就已入团，后又申请加入中国共产党，但因海外关系遭受许多挫折。直到 1985 年 8 月，卢冬终于光荣加入中国共产党，在所在支部表现突出，多次被评为“优秀共产党员”。

任昊

争取彻底的胜利和解放受苦的人民

王建赠致伯母书（1952 年 12 月 4 日）

王建赠（1933—1953）

福建闽侯人。中国共产党党员。家里兄弟三人，他排行第二。年幼时，父亲因病早逝，全家借粮度日。1949 年 8 月 17 日福州解放后，他主动报名参加支前工作。1951 年 6 月参军，在中国人民解放军第 25 军 73 师 218 团 2 营 6 连当战士。1952 年夏，奉命入朝参战，所在部队改编为中国人民志愿军第 23 军 73 师 218 团 2 营 6 连。1952 年底，王建赠所在第 23 军奉命开赴铁原前线。1953 年 6 月，为了配合停战谈判，志愿军总部决定组织金城战役；7 月 9 日，王建赠在追剿残敌时，不幸被敌人冷枪打中，壮烈牺牲，后被追记个人三等功。

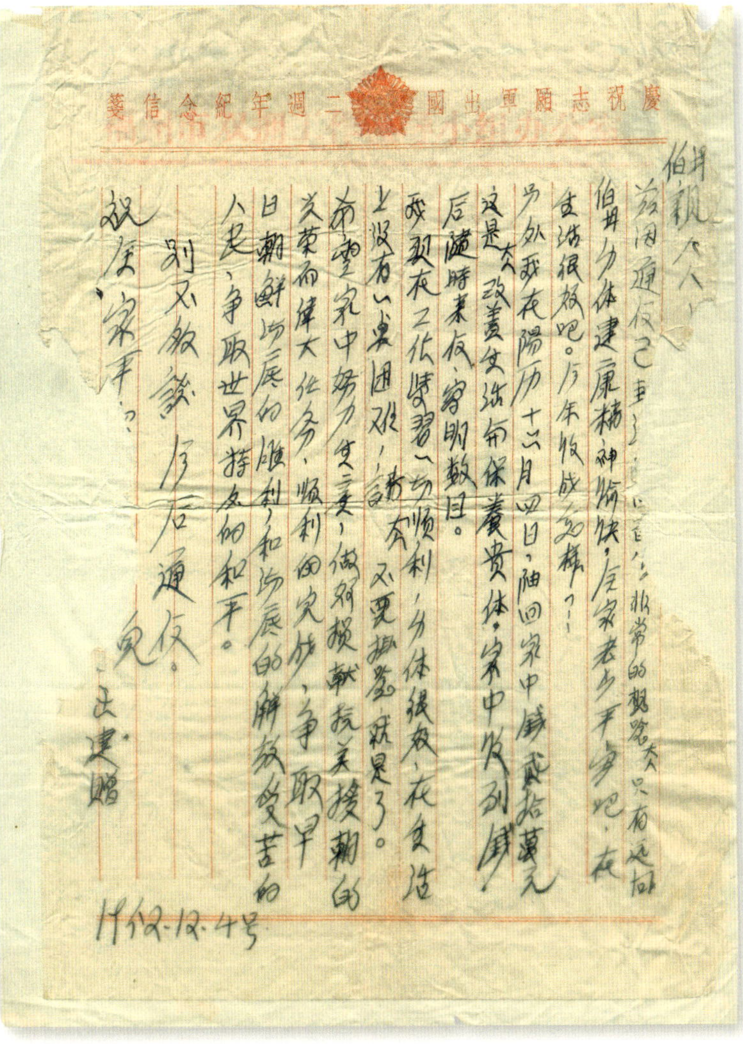

慶祝志願軍出國二週年紀念信箋

伯母親大人：

兹因建役已走了……非常的艱路，大人只有返回

伯母身体建康精神愉快，全家老少平安吧，在

生活很好吧。今年收成怎样？！

另外我在阳历十二月四日，由回家中钱贰拾万元

这是大人改善生活和保养贵体，家中收到

后随时来信，写明数目。

我现在工作学习一切顺利，身体很好，在生活

上没有以些困难，请大人不要挂念就是了。

希望家中努力生产，做好拥军抗美援朝的

光荣而伟大任务，顺利的完成，争取早

日朝鲜战后的胜利，和战后的解放受苦的

人民，争取世界持久的和平。

别不多谈，今后通信。

祝全家平安。

王建赠

1952.12.4号

家书原文

伯母亲大人：

兹因通信已封□□□□□，非常的想念大人，只有远问伯母身体建（健）康、精神愉快，全家老少平安吧？（现）在生活很好吧？今年收成怎样？

另外我在阳历十二月四日邮回家中钱贰拾万元，这是大人改善生活与保养贵体，家中收到钱后随时来信，写明数目。

我现在工作学习一切顺利，身体很好，在生活上没有一点困难，请大人不要挂念就是了。

希望家中努力生产，做好损（捐）献抗美援朝的光荣而伟大任务，顺利的完成，争取早日朝鲜彻底的胜利，和彻底的解放受苦的人民，争取世界持久的和平。

别不多谈，今后通信。

祝全家平安！

□儿　王建赠

1952 年 12 月 4 日

家书诵读

家书故事

这封家书是王建赠开赴铁原前线前夕写给伯母的，信中问候了家人、介绍了近况、表达了希望后方与前线共同努力，投入到“抗美援朝，保家卫国”运动中，争取早日胜利的家国情怀。

王建赠幼年丧父，母亲带着兄弟三人靠借粮艰难度日。解放后，家里分到了几亩耕地，兄弟辛勤耕种，生活一天天好起来。

1951 年 6 月，福建省闽侯县全面动员适龄青年参军参战。王建赠在动员大会上积极报名响应，经过为期四个多月的政治文化学习和军事技术训练，他成为中国人民解放军第 25 军 73 师 218 团 2 营 6 连的一名战士。1952 年夏，王建赠所在部队奉命入朝参战。到达中朝边境城市安东（今丹东）时，已经是 8 月底 9 月初了。在此，部队进行了政治动员及入朝政策纪律教育，以及临战前的急行军、防空、射击、刺杀、隐蔽接敌等战术技术训练。王建赠和战友们咬破手指，血写请战书、决心书递交给各级首长，强烈要求立即开赴前线，与美国侵略者决战。9 月 5 日夜，部队雄赳赳、气昂昂地跨过了鸭绿江，到达朝鲜的新义州。这时，其所在连队改编为中国人民志愿军第 23 军 73 师 218 团 2 营 6 连。

1952 年底，第 23 军奉命开赴铁原前线，接替第 38 军防务。王建赠所在 218 团 2 营 6 连奉命从元山向前沿阵地进发。行军路上，他用步枪做扁担，帮助体弱生病或受伤的战友挑枪支弹药，使这些战友轻装行军跟上队伍，而他一个人挑 100 多斤重走在队伍的前头。有时后勤供应不上，他常常把自己的干粮让给受伤的战友。宿营时，他捡柴烧水，送水送药，对战友关爱备至。

1953 年 6 月，为配合停战谈判，志愿军总部决定组织金城战役。王建赠所在 6 连的进攻目标是 281.2 高地北面和西北的无名高地。281.2 高地是一个方圆不到两公里的小山头，右靠上甘岭，左临“老秃山”。志愿军如能占据这个高地，右面可以切断从上甘岭下来的敌军的退路，正面可以阻止敌军对上甘岭的增援，并牵制敌人的一部分兵力。同时，可以保障志愿军前线运输车辆和作战物资的安全通过。

7月6日晚，6连全体指战员携带铁镐、爆破筒、手榴弹等，趁敌不备摸到281.2高地北面和西北的无名高地的山脚下隐蔽下来。王建赠和两名战友在尽可能靠近敌碉堡的地方抢修屯兵洞，以供其他战友向前推进。在抢修屯兵洞时要求既快又静，一旦暴露，不但隐蔽计划失败，还有全军覆没的危险。最终屯兵洞提前一小时抢修好，3排指战员安全进入屯兵洞待命出击。7月8日晚7时，战士们在屯兵洞里已经埋伏了18个小时。这时夜幕笼罩281.2高地，四周一片漆黑。连长命令："迅速靠近高地，首先坚决干净消灭掉敌人所有轻重机枪的碉堡，接着占领高地上的表面阵地和各个坑道要口，在天亮前结束战斗，迅速撤回我连阵地并牢牢守住。"接到命令，王建赠和战友们飞速向敌人碉堡靠拢，拉开爆破筒，对准轻重机枪眼使劲推进敌碉堡内。当敌人发觉时，爆破筒已经爆炸了。这时，王建赠和战友们一面高喊："同志们冲啊！"一面向下一个碉堡冲去。前进路上的障碍一个个被扫清，6连的战士们为后续部队打开了胜利的大门。经过40分钟的激战，部队攻占了敌人两处阵地。不幸的是，7月9日，王建赠在追剿残敌时被敌人冷枪打中，壮烈牺牲。

◇ 金城反击战中，志愿军步兵突入敌阵地。

在给伯母的信中，王建赠表达了争取“彻底的胜利，和彻底的解放受苦的人民，争取世界持久的和平”的坚定信心。他是这样说的，也是这样做的。218团2营6连的210名指战员，到战斗结束时，活下来的仅有17人。可以说，281.2高地的每一寸土地上，都染有志愿军战士的鲜血。朝鲜战争结束后，王建赠所在6连被记集体二等功，王建赠被追记个人三等功。正是千千万万像王建赠这样的志愿军烈士，舍生忘死、不畏艰险，守护国门，抵御了帝国主义侵略扩张，捍卫了新中国安全，守卫了中国人民和平生活，他们的骨气、勇气，永远是我们民族精神的传承，我们将永远铭记他们！

苏杭

为和平事业而奋斗到底

许玉成致姊书（1953年1月4日）

许玉成（1933—1953）

陕西西安人。1949年，跟随姐夫进入国民党军队成为一名勤务兵。不久，他所在国民党部队举行起义，许玉成加入中国人民解放军第二野战军第60军179师炮兵营，成为一名卫生员。1951年3月，许玉成入朝参战。1953年3月底，在抢救伤员时不幸牺牲，年仅20岁。

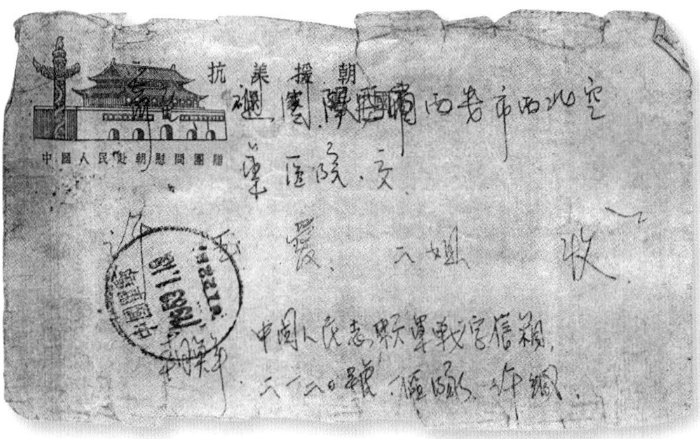
抗美援朝
中國人民赴朝慰問團贈

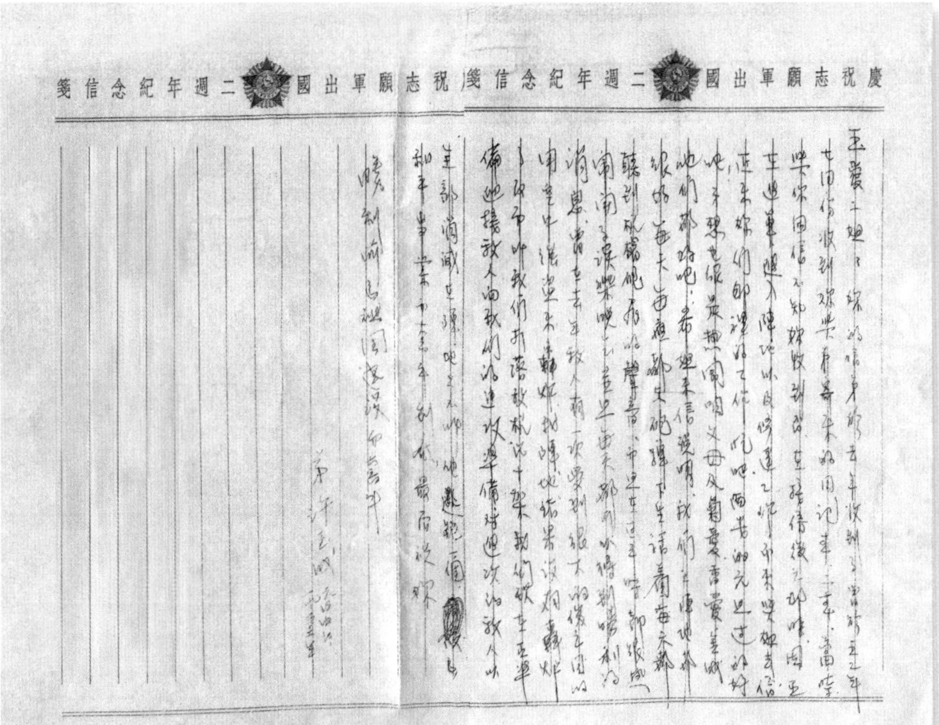
慶祝志願軍出國二週年紀念信箋

家书原文

玉爱二姐：

你的信弟于去年收到了，曾于五二年七月份收到你与弟寄来的日记本二本，当时与你回信，不知你收到否？在接信后之那时，因正在进军，进入阵地以及修建工作，而未与你去信，近来你们那里的工作好吧？西安的元旦过的好吧？弟想也很是热闹。咱父母及菊爱、香爱、金成他们都好吧？希姐来信说明。我们在阵地都很好，每天每夜都在炮弹下生活着，每天都听到机枪炮飞的声音。而且在过年时都很热闹，开了娱乐晚会，并且每天都可以得到胜利的消息。曾在去年，敌人有一次受到很大的伤亡，目的用空中强盗来轰炸我阵地，结果没有轰炸了，反而叫我们打落敌机几十架。我们现在正准备迎接敌人向我们的进攻，准备对进攻的敌人以全部消灭在阵地上，不叫他逃跑一个，为和平事业而奋斗到底！最后祝你胜利前为祖国建设而奋斗！

弟　许玉成

一九五三年元月四日

家书诵读

家书故事

在“抗美援朝，保家卫国”的号召下，17岁的许玉成咬破手指写了血书，坚决申请入朝参战。1951年3月18日，许玉成随同大部队奔赴朝鲜前线。

◇ 抗美援朝第五次战役中，志愿军阻击敌人。

1951年4月22日，抗美援朝第五次战役打响，历时50天，至6月10日结束。这次战役是朝鲜战争中规模最大的一次战役。中朝军队集中33个师的强大兵力向敌人展开猛烈进攻，战况异常惨烈。这次战役，志愿军先后歼敌八万余人，同时也付出了巨大牺牲。5月，许玉成所在的第60军179师连续进行了两次激战，部队伤亡众多，战士极度疲劳。21日，部队奉命北撤休整，却在撤退过程中遭到敌人空袭。夜幕降临，志愿军开始渡江北撤。敌人的侦察机很快发现了这个渡江点，十多架战机轮番向江中俯冲轰炸扫射，我军沿江的炮兵部队也展开对空射击。方圆一公里的区域内，从天上到地下，从陆地到水面，枪、炮、炸弹声响成一片，我渡江部队在毫无隐蔽的情况下遭到巨大伤亡，战士的鲜血将汉江染得殷红！

◇ 抗美援朝第五次战役中，志愿军冒着炮火渡江。

在这次撤退中，许玉成幸运地逃过一劫，利用在后方休整的机会，给家里写了几封信。为了避免家人担心，他在信中极少提及自己参加战斗的具体经过，所写的大都是部队生活方面的内容和胜利的消息。

许玉成自从参军离家后从未回过家，有一次，他所在的部队开拔经过西安，仓促之间也没能回家，他只是用“大禹治水三过家门而不入”的典故向家人解释，同时激励自己。

1952 年 10 月，许玉成所在的部队奉命上前线接防鱼隐山阵地，此地靠近三八线，与美军直接对峙。战士们的首要任务是挖掘坑道，身为卫生员的许玉成除执行本职任务外，也被抽调去搬运器材。冬季的前线大雪纷飞，他和战友们在没膝的积雪中扛着几十斤重的炮弹艰难前进，每天在敌人的炮火下往返 40 多公里。

1953 年元旦后不久，许玉成给二姐写了一封家书。战事紧急，许玉成的信内容不长，但依然洋溢着积极乐观、争取胜利的热情，并向家人表达了自己“为和平事业而奋斗到底”的决心。

1953 年 3 月底的一个下午，许玉成正在敌人的炮火封锁线下抢救负伤的我军炮手时，突然敌人的冷炮打来，弹片击中了他的左下肢股动脉，顿时血如泉涌。当战友和军医得到消息匆匆赶来时，年仅 20 岁的许玉成已失血过多，被抬上担架才走出几百米，就停止了呼吸。在敌人的炮火下，同志们只能找到一处向阳的坡地，挖了坑，铺上松枝和军用雨布，把他就地掩埋了。

◇ 2005 年，许玉成的姐妹许菊爱（左一）、许香爱（左二）、许玉爱（左三）与许玉成的战友邓先珉夫妇合影。

1955 年 11 月，许玉成的战友邓先珉专程赶往西安送还许玉成的遗物。许玉成的母亲对儿子的牺牲尚不知情，在许玉成二姐的授意下，邓先珉向老母亲编造了一个美丽的谎言：玉成由于业务突出，被部队派往苏联学习，但任务秘密，不能和家人联系。这个谎言一直被保持到了 1964 年。后因中苏关系破裂，许玉成的母亲开始怀疑：苏联专家都走了，为什么玉成还没有消息？终于，一切都瞒不住了，伤心的老母亲在得知真相后整整恸哭了几天几夜。1995 年，许玉成的母亲去世前神志已不太清醒，但经常在家里的阳台上遥望着远方，嘴里还不停地喊着：“玉成、玉成！”40 多年过去了，她仍然在期盼着唯一的儿子的归来！

孟丹

壮志未酬身先死

饶惠谭致兄书（1953 年 1 月 20 日）

饶惠谭（1915—1953）

湖北大冶人。1927 年加入中国共产主义青年团，1928 年参加中国工农红军。1929 年参加刘仁八农民大暴动，后编入在鄂东南地方武装红 12 军。1933 年加入中国共产党。历任侦察员、班长、排长、连长、营长、团长、师长、军参谋长等职。参加苏中七战七捷和济南战役、淮海战役、渡江战役等，带领部队圆满完成战斗任务。1952 年，时任华东军区公安第 16 师师长的饶惠谭志愿参加抗美援朝战争，被任命为第 23 军参谋长。1953 年 3 月 21 日，在抗美援朝战争中光荣牺牲。1955 年，饶惠谭的遗骸从朝鲜迁回祖国，安葬在沈阳抗美援朝烈士陵园。

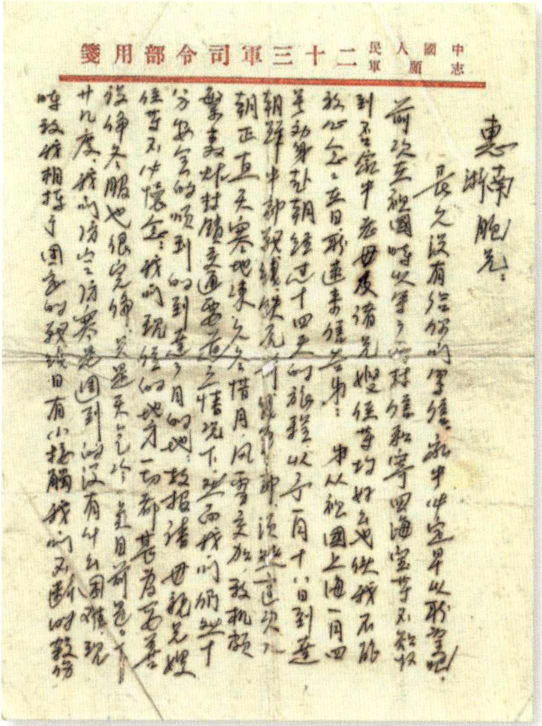
中国人民志愿军
二十三军司令部用笺

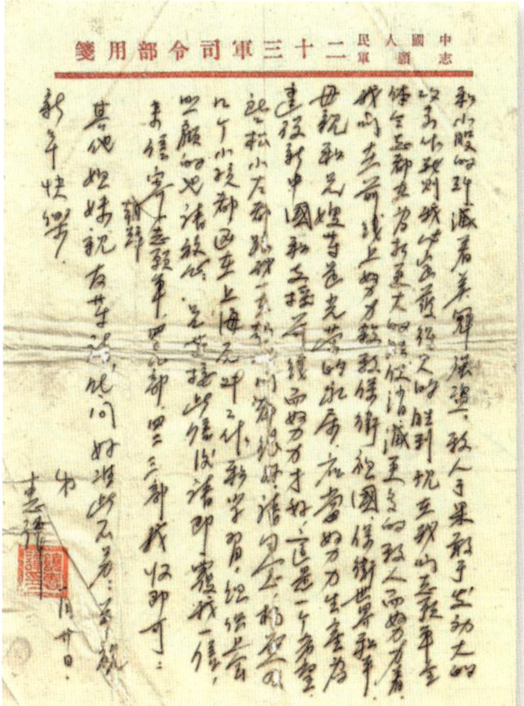
中国人民志愿军
二十三军司令部用笺

家书原文

惠浙、惠南胞兄：

长久没有给你们写信，家中必定早以（已）盼望吧。前次在祖国时以（已）写了两封信和寄回海宝等，不知收到否？家中老母及诸兄嫂侄等均好么，也使我不能放心，念念在目，盼速来信告弟。

弟从祖国上海一月四号动身赴朝，经过十四天的旅程，以予（已于）一月十八日到达朝鲜中部战线铁原前线军部。须（虽）然这次入朝正直（值）天寒地冻，久冬惜（腊）月，风雪交加，敌机颇（频）繁轰炸封锁交通要道之情况下，然而我们仍然十分安全的顺利的到达了目的地，故报请母亲兄嫂侄等不必怀念。我们现住的地方一切都甚为妥善，设备冬服也很完备，只是天气冷一点，目前是〇下廿几度，我们防空防寒是周到的，没有什么困难。

现时敌我相持于固定的战线，日有小接触，我们不断的杀伤和小股的歼灭着美寇强盗。敌人于（如）果敢于发动大的攻击作战，则我必定获得大的胜利。现在我们志愿军全体同志都在为打更大的胜仗，消灭更多的敌人而努力着。

我们在前线上努力杀敌，保卫祖国，保卫世界和平。母亲和兄嫂等是光荣的家属，应当努力生产，为建设新中国和支援前线而努力才好，这是一个希望。

启松、小左都跟我在一起，我们都很好，请勿念。杨燕及几个小孩都还在上海原处工作和学习，组织上会照顾的，也请放心。兄等接此信后请即复我一信，来信寄朝鲜志愿军四〇九部、四二三部我收即可。其他姐妹亲友等请代问好，均此不另，并祝新年快乐。

弟 惠谭

一月廿日

家书诵读

家书故事

饶惠谭是中国人民志愿军在朝鲜战场上牺牲的高级指挥员之一，牺牲时任志愿军第 23 军参谋长。

这封家书是饶惠谭在朝鲜前线寄回的唯一一封家书，写于 1953 年 1 月 20 日，他第二次抵达朝鲜战场前线时。饶惠谭第一次赴朝是在 1952 年 6 月，时任淞沪警备区公安第 16 师（原第 33 军 99 师）师长，参加华东军区高级干部短期训练班到朝鲜前线进行见习。他在 1952 年 10 月 3 日写给两位胞兄的另一封家书中写道："我六月入朝九月二十六日才回到上海……出入朝鲜战场三个多月……"在家书中，饶惠谭简要地交代了自己奔赴前线的过程和情况。在"天寒地冻，久冬腊月，风雪交加，敌机频繁轰炸封锁交通要道"的艰难情况下，"十分安全的顺利的到达了目的地"，虽然天气冷一点，但"没有什么困难"，寥寥几句试图宽慰家人们的担忧。在合家团圆的新年，饶惠谭等志愿军将士们"在前线上努力杀敌，保卫祖国，保卫世界和平"，同时也希望家人们能够"努力生产，为建设新中国和支援前线而努力才好"。简短的书信中饱含了饶惠谭对家人的思念与眷恋，以及多年战场杀敌不改初心的革命英雄主义精神。

◇ 饶惠谭全家福。

与饶惠谭在朝见习的同一时期，志愿军第 23 军于 9 月 5 日奉命入朝，在朝鲜东海岸接替第 20 军防务；12 月，又奉命至三八线接替第 38 军防务。此前在秋季反攻中，第 38 军在对朝鲜毗邻上甘岭的铁原西北 394.8 高地（白马高地）进攻中失利。394.8 高地位于铁原西北，是敌人北犯的必经之路，战略位置十分重要。后据时任第 23 军政治部组织部部长佘景行回忆，第 23 军接防后，志愿军总部要求第 23 军对美第 7 师占领的 394.8 高地发动一次攻击战役，希望夺取 394.8 高地，由粟裕提名饶惠谭出任第 23 军参谋长，要求他勘察地形后提出方案组织策划战役。

当时，驻防上海的饶惠谭已接到军委任命为上海警备区参谋长，接到在朝鲜的第 23 军军长钟国楚邀请后毅然服从组织安排，志愿赴朝，改任志愿军第 23 军参谋长，于 1953 年 1 月 4 日动身赴朝。到达铁原后，饶惠谭反复勘察战场地形，于 3 月 20 日自铁原第 73 师 218 团阵地回到军部，拟于次日向军党委汇报勘察结果和作战预案。当日晚，敌机进行了第一次轰炸，饶惠谭走出坑道巡视军部房间，还向钟国楚军长汇报了情况并做好再袭击准备。此时，后入朝的饶惠谭所用防空洞尚未被覆完成，钟国楚邀请饶惠谭住到自己的防空洞里，但因为饶惠谭的警卫员（即家书中提到的“小左”）到朝鲜后发热生病，正在坑道外饶惠谭的临时住处休息，晚上需要人照顾，饶惠谭便回到了自己的住处。半个小时后，敌人进行了第二次轰炸，一枚1000公斤的炸弹落到饶惠谭住处，饶惠谭和警卫员一同不幸牺牲。

家书中提到的“启松”，名叫杨启松，是饶惠谭的表侄（外甥），担任饶惠谭的勤务员，轰炸时他被派往前线工作而逃过一劫。在饶惠谭牺牲后，由杨启松负责收殓、护送回国、下葬沈阳烈士陵园等工作。如今，在沈阳烈士陵园里陈列着饶惠谭的日记本，上面记录着3月21日他永远无法完成的12项工作。394.8高地也因为种种原因，最终未能实现攻占的目标，在朝鲜战场永久留下饶惠谭一曲壮志未酬而英年早逝的烈士悲歌。

康妮

留在坑道中的英雄情长

康致中致妻书（1953年3月8日）

康致中（1919—1953）

陕西西安人。1937年2月，他弃学从军参加革命，同年6月加入中国共产党。历任班长、排长、连长、参谋、作战股长、营长、团参谋长、副团长、团长职务。在战场上，他奋勇杀敌，历经大小战役数百场，屡立战功。1947年8月，参加了榆林、沙家店、延清、宜川和收复延安的战役。1948年8月，在兰州战役中，他指挥突击营勇猛迅速地突入城内，与敌展开激烈巷战，打垮了企图突围的马匪军，对全歼兰州守敌发挥了重要作用。1953年奉命率部入朝作战，任中国人民志愿军第1军7师19团团长，参加了1953年春季反登陆战役准备和夏季进攻战役；同年6月26日，在临津江笛音里西北无名高地反击战中遭敌机轰炸不幸牺牲，时年34岁。

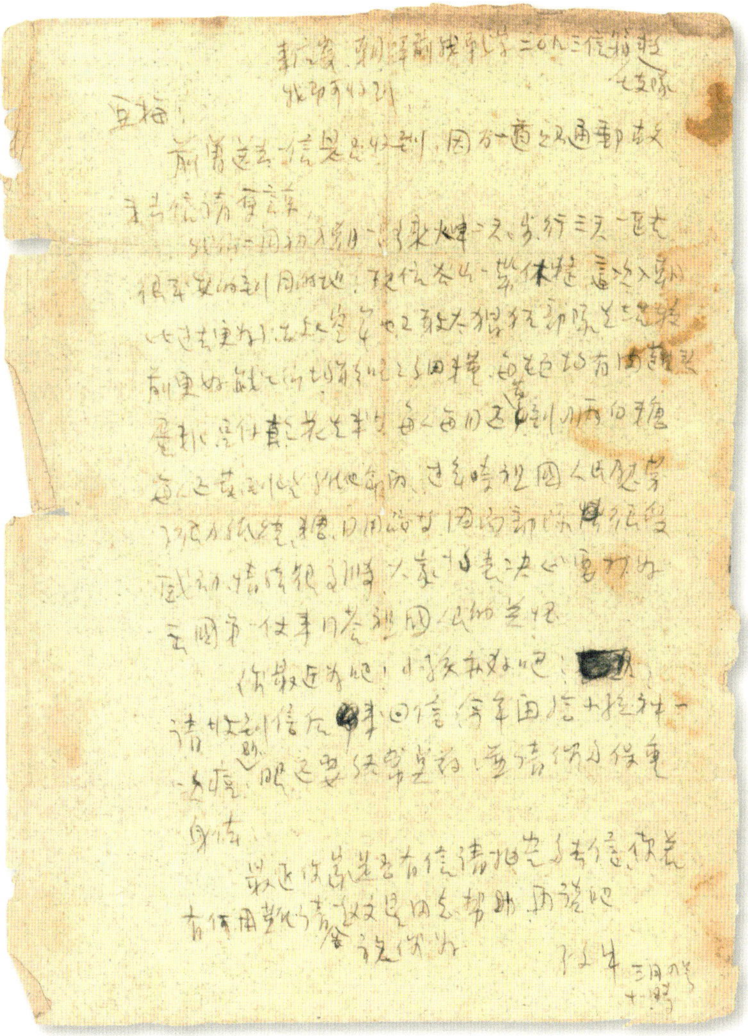
玉梅！
前后连去二信是否收到，因分[illegible]不通邮故未去信请原谅。
[illegible]
你最近好吧！小孩都好吧！
请收到信后[illegible]回信[illegible]
[illegible]
最近你[illegible]是否有信[illegible]
[illegible]
祝你好
[illegible]　三月[illegible]　十一时

家书原文

来信寄朝鲜前线战字二〇九三信箱七支队转我即可收到

亚梅：

前曾送去一信是否收到？因为一道上不通邮，故未去信，请原谅。

我们二月初入朝一路乘火车二天，步行三天，一路很平安的到达目的地。现住谷山一带休整。这次入朝比过去更好了。敌人空军也不敢太猖狂。部队生活较前更好，战士们均能吃上细粮，每顿均有肉罐头、蛋粉、豆付（腐）干、花生米，每人每月还发到四两白糖，每人还发到一些维他命丙。过年时祖国人民慰劳了很多纸烟、糖、日用品等。因而部队很受感动，情绪很高涨。大家均表决心，要打好出国第一仗来回答祖国人民的关怀。

你最近好吧！小孩亦好吧！

请收到信后来回信。今年再给小孩种一次痘，沙眼还要经常点药。并请你多保重身体。

最近你家是否有信，请抽空多去信。你若有何困难请告赵文星同志帮助，再谈吧。

祝你好！

致中　　三月八号十一时

家书诵读

家书故事

他是战士，炮火连天的岁月中，挺立在保家卫国的最前线；他也是父亲、丈夫，英雄情长，在战争间隙，在一封封家书中倾诉着对祖国、对亲人至深的眷恋与挚爱。透过早已泛黄的信纸，还能感受到英雄跃动在字里行间的家国情怀。

1953 年 1 月 22 日，伴随着抗美援朝战争的隆隆枪炮声，志愿军第 1 军第 7 师 19 团团长康致中与妻子高亚梅和年仅两岁的儿子康明告别，率部入朝作战，驻守三八线西侧一带前沿阵地。彼时朝鲜战争已临近尾声，为了能够在停战谈判中增加砝码，敌我双方都在阵地的争夺战中寸土不让。

抗美援朝战争期间，家书成为康致中与家庭联系的唯一纽带。信中，他对家人总是报喜不报忧。在 1953 年 3 月 8 日，也就是他牺牲前三个月，给妻子写下了这封家书。在这封信中，他叙述了一些生活琐事，询问对方的身体状况和孩子的情况，介绍了部队入朝过程以及部队的伙食、生活等家长里短的事情，并嘱咐妻子再给孩子种一次牛痘，沙眼还要经常点药。虽寥寥数语，却充满了对妻子、对孩子的关心和惦念。

◇ 康致中和妻儿。

儿子康明渐渐长大，每当读到这封家书时，就能感觉到父亲对自己深深的思念和无言的诉说，他说：“父亲虽然很早就离开了我，但我知道，他心里一直记挂着我。”“父亲在入朝的六个月时间里，给母亲写了六封信，这些信，伴随我成长，我在其中读懂了父亲对我和母亲的爱。”

1953年6月26日，康致中在196.0高地坑道指挥所召开由团领导、突击营连长和机关人员参加的作战会议。因隐蔽伪装工作不够严密，导致我军位置暴露。美国空军出动B-29重型轰炸机40余架次，对志愿军第7师19团所在阵地的坑道指挥所及其附近地区狂轰滥炸。四五百磅的重型炸弹倾泻而下，有几颗炸弹正好落在指挥所坑道的上方，造成指挥所整体塌陷，四个坑道出口被大量的土石掩埋和阻塞。坑道内的所有人员根本来不及采取任何应急行动，除两人获救外，参加作战会议的团营干部及指挥机构人员114人因坑道内氧气耗尽而壮烈牺牲。团长康致中和政委孙泽东、副政委傅颖、参谋长王伯明以及军政治部组织科长李中林、中南实习团副团长王德永、中南实习团副政委李文范等七名团级干部也无一幸免。志愿军遭受了停战前最惨重的一次损失。

英勇的志愿军19团官兵在遭受了严重的意外挫折后，不但没有消沉、没有垮下，而是官兵一致、同仇敌忾、前赴后继，以更加勇猛顽强的精神状态投入战斗。志愿军第7师将原来的进攻计划推迟一天进行，对19团领导和营连指挥人员进行了紧急调整，对作战方案重新进行周密细致的部署，使战斗方案人人熟知，且任务落实到每个人。夜幕降临后，在我军强大炮火猛烈轰击下，早已憋足了劲的19团勇士们，呼喊着“为康团长报仇！”“为孙政委报仇！”的冲锋口号，以迅雷不及掩耳之势占领敌阵地。随后经过五昼夜反复激烈的争夺，打退敌人反扑30余次，巩固占领了阵地。在战斗中共毙伤敌人1748名，俘敌119名，击毁坦克5辆。我军实际控制线向前推进五平方公里。19团官兵经受住了战争的严峻考验，充分展现出了部队的优良传统和顽强作风，为随后进行的停战谈判创造了有利条件。

康致中牺牲的那一年，年幼的康明还是一个不知世事的小孩。对于自己的父亲，他没有太多印象，还不知道牺牲的真正含义，但他意识到父亲再也回不来了。直到15岁时，他才从19团战友家属口中得知父亲牺牲的细节：“坑道挖一个多月挖开后，进去看到你爸爸穿得整整齐齐，戴着军

◇ 康致中儿子康明的照片。

帽，盖着被子躺在床上；孙政委手握电话趴在桌子上，电话听筒已经深陷入脸的肉里；王伯明参谋长手握步兵锹斜靠在坑道壁……离你爸爸不远的墙上有一张作战地图，地图右侧斜插着你的照片。”康明说：“这是他和父亲最近的距离，冥冥中，我又陪伴了他一个多月。”

董帅

战场发回的“表情包”

李征明致妹书（1953年3月25日）

李征明（1930—1953）

江苏宿迁人。1950年入伍，1952年9月参加抗美援朝战争，担任中国人民志愿军第24军70师201团的文化教员，在战斗中荣立二等功一次。同年12月23日，接志愿军总部命令，李征明所在的第24军开赴朝鲜中线，接防志愿军第15军在金化、平康、上甘岭一带防线，承担防御任务。1953年6月，李征明在抢救伤员中负伤坚持战斗，因伤势过重壮烈牺牲，时年23岁。

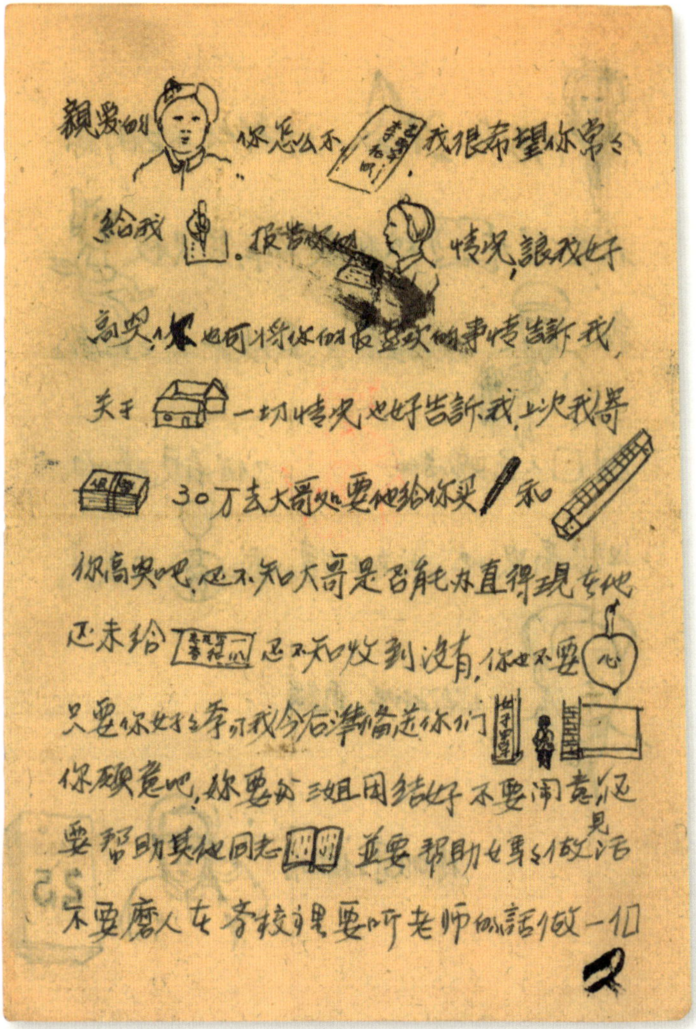

親愛的 你怎么不 ，我很希望你常常
給我 。报告你的 情况，讓我好
高興，你也可将你[illegible]的事情告訴我，
关于 一切情况也好告訴我，上次我寄
30万去大哥处要他给你买 和
你高興吧，还不知大哥是否能办，直得現在他
还未给 还不知收到没有，你也不要
只要你好好学习我今后準备送你们
你願意吧，你要和三姐团结好，不要闹意見，
要幫助其他同志 並要帮助妈妈做活
不要磨人，在学校裡要听老师的話，做一个

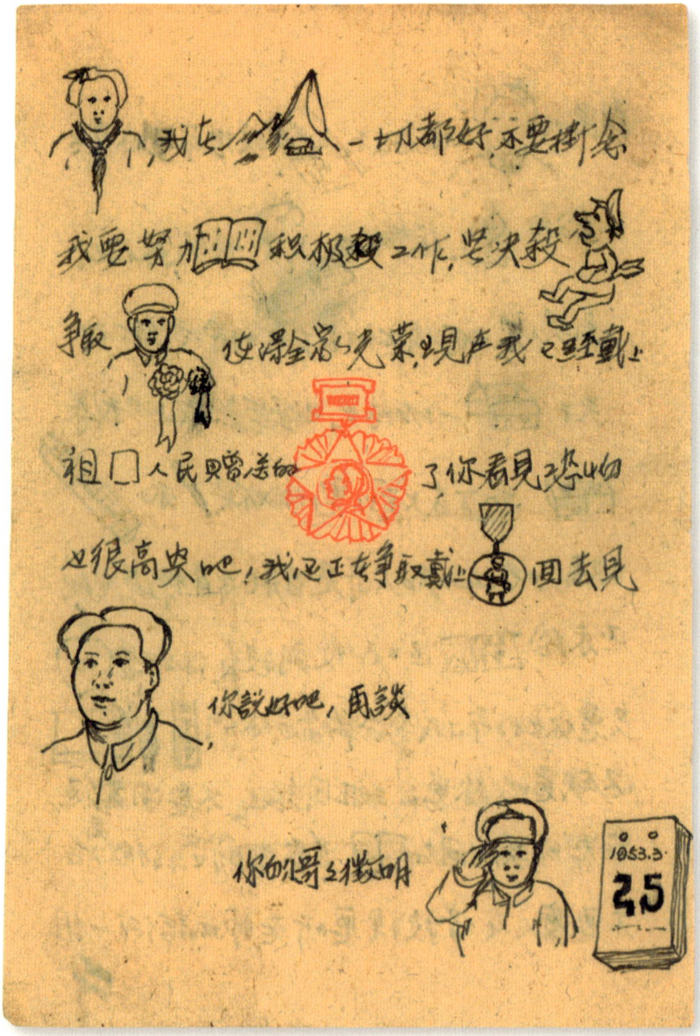

，我在　一切都好，不要挂念

我要努力　积极　工作，坚决殺

争取　使得全家光荣，现在我已经戴上

祖　人民赠送的　了，你看見一定也很高兴吧，我还正在争取戴　回去見

你說好吧，再談

你的哥哥徽明

1953.3.

25

家书原文

亲爱的晖妹：

你怎么不写信给我，我很希望你常常给我写信，报告你的学习情况，让我好高兴！也可将你的最喜欢的事情告诉我，关于家中的一切情况也好告诉我。上次我寄30万去大哥处，要他给你买钢笔和口琴，你高兴吧，还不知大哥是否能办？直得（到）现在他还未给我来信，还不知收到没有？你也不要挂心，只要你好好学习，我今后准备送你们上女子中学，你愿意吧！你要与三姐团结好，不要闹意见，还要帮助其他同志学习并要帮助妈妈做活，不要磨人，在学校里要听老师的话，做一个优秀的少先队员。我在上甘岭一切都好，不要挂念。我要努力学习，积极工作，坚决杀美国鬼子，争取戴上大红花，使得全家光荣。现在我已经戴上祖国人民赠送的勋章了，你看见恐怕也很高兴吧！我还正在争取戴上军功章回去见毛主席。你说好吧，再谈。

你的哥哥征明，敬礼

1953年3月25日

家书诵读

家书故事

在两年多的抗美援朝战争期间，百余万志愿军官兵保家卫国、直面生死，他们与家人唯一的联系就是书信，这给予他们无穷的精神力量，每一封家书中都饱含着爱与思念、坚强与无畏、乐观与浪漫。志愿军战士李征明从战场寄回的家书就是其中的重要代表。李征明有文化、会画画、会拉胡琴，歌唱得也好，为人开朗，乐于助人。这些特点在他的家书中有所体现。他在信中并未向家人提及战争的惨烈，反而以乐观向上的态度关心家中的近况。

1953 年 3 月 25 日，志愿军战士李征明从战场给妹妹寄了一封家书，担心年幼的妹妹识字不多，李征明在家书里画了许多生动的图画，更是用画笔在家书的开头画出了“亲爱的妹妹”的模样。在信中，李征明和妹妹唠起了家常，从生活到学习都不忘嘱咐一番。他叮嘱妹妹：“你要与三姐团结好，不要闹意见，还要帮助其他同志学习并要帮助妈妈做活，不要磨人，在学校里要听老师的话，做一个优秀的少先队员。”最后他还不忘告诉妹妹，“我在上甘岭一切都好，不要挂念”。家书落款处，李征明则画上了自

◇ 李征明（第二排中）立功时与战友合影。

己向妹妹敬礼的图画。李征明的家信内容真挚，形式更是活泼新颖、图文并茂，就像如今我们随手发送的“表情包”。信中除了对妹妹的教导，还充满了对抗美援朝战争胜利的期盼：“争取戴上大红花，使得全家光荣”。

1953 年 4 月之后，李征明的家人们却再也没有了他的消息，之后母亲隔三岔五就会到镇邮局去打听，可每次都是空手而回。直到 1954 年 1 月 23 日，距农历春节只剩一个多星期的时间，家人收到了李征明战友写来的一封信，战友在信中报告了李征明牺牲的情况，并这样描述李征明：“征明同志英勇顽强、机智灵活地完成了防守和冷枪战的任务，狠狠地和同志们消灭了无数敌人。……他的工作和学习精神曾不断地受到上级的表扬和同志们的赞扬。”

上甘岭位于朝鲜半岛中部五圣山上，是朝鲜中线的大门，也是扎进敌人心窝的一把钢刀。彭德怀司令员曾明确指示：“五圣山是朝鲜的中线门户，五圣山失守，后退 200 公里无险可守。”1953 年 6 月 23 日晚，李征明和战友们对五圣山前沿敌阵地发起了猛烈反击，李征明在此担负转运伤员的任务。为了抢救伤员，他不惜暴露在敌人火力的打击之下，因此而负

◇ 1953 年 7 月，志愿军战士在上甘岭阵地欢呼胜利。

伤，但他坚持不下火线，说道："今天流血流汗是光荣的，是为了朝鲜人民的独立，为了祖国的安全建设，使人民和我们的家人永远过幸福日子。"在后续抢救伤员的过程中他再次负伤，终因伤势过重而牺牲，青春的生命永远定格在风华正茂的 23 岁。志愿军将士们舍生忘死、英勇作战，粉碎了敌人的进攻，最终取得了五圣山战斗的胜利。李征明家乡的宿迁凤凰岭墓园内，修建了一座纪念李征明的墓碑，这里成了家人及世人纪念李征明烈士的地方。

在伟大的抗美援朝战争中，19.7 万多名英雄儿女为了祖国、为了人民、为了和平献出了宝贵生命。习近平总书记高度评价："烈士们的功绩彪炳千秋，烈士们的英名万古流芳！"当我们重读这一封生动可爱的家书，阅读其中温柔的语言、可爱的"表情包"，总能感受到其中蕴含的对家人的脉脉温情和不畏强敌、反抗强权的革命乐观主义精神，以及舍生忘死、向死而生的民族气概。

郝禹

用生命铸就“最可爱的人”

刘润西致妻书（1953 年 3 月 28 日）

刘润西（1918—1953）

河北深泽人。1940 年参加八路军，1941 年 1 月加入中国共产党，曾任八路军第二纵队新 2 旅 6 团宣传员，24 团文化教员、干部教员，1948 年调入龙江军区供给部任财务科科长，1949 年 2 月调任解放军第 50 军 148 师供给部副政委。1950 年 10 月，刘润西随部队奉命入朝参战，后曾任第 50 军司令部管理科科长。1953 年 4 月 12 日，在龟城郡青龙里战斗中光荣牺牲。

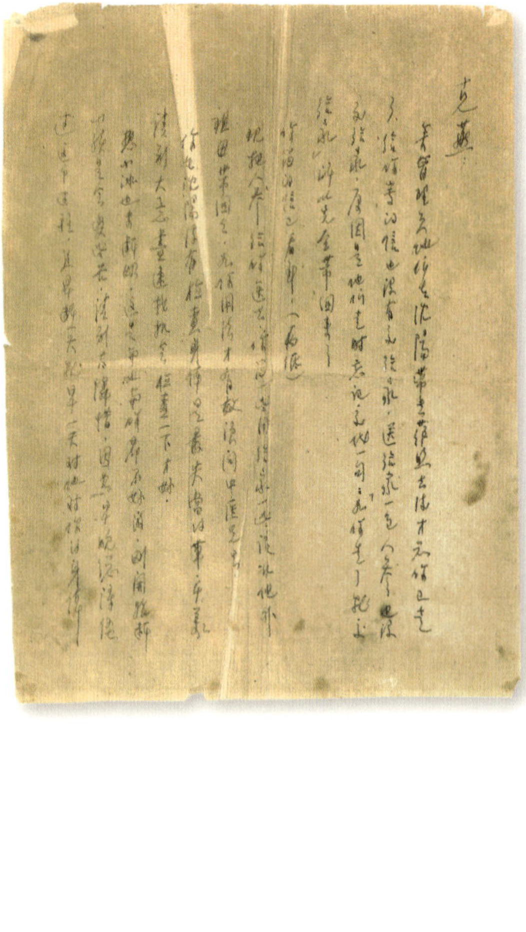

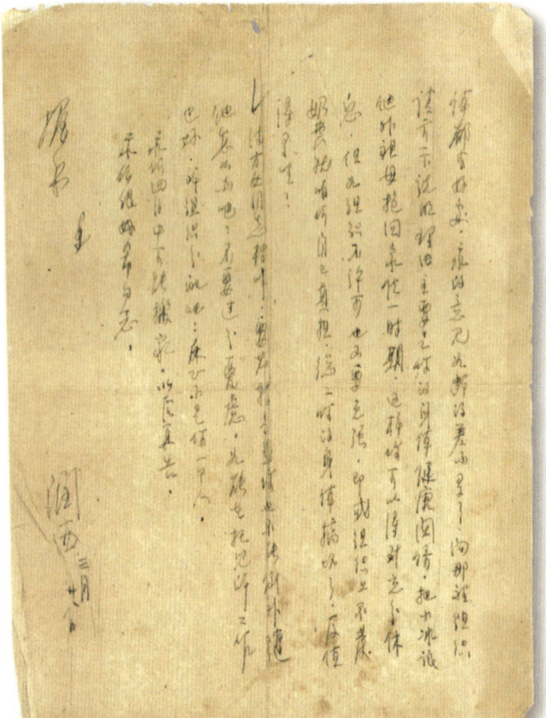

家书原文

克燕：

余管理员他们去沈阳带去廿张照（片），去后才知你已走了，给你写的信也没有交给家，送给家一包人参也没交给家，原因是他们走时忘记交代一句：如你走了就交给家，所以完全带回来了。

你留的信已看到（两纸），现把人参给你送去，你留一些用，给家一些，让冰他外祖母带回去，如何用法才有效须问中医先生。

你在沈阳没有检查身体是最失当的事，千万请别大意，尽量速找机会检查一下才好。

想小冰也未断奶，这是与（于）他与（于）你都不好的。刚开始断小孩是会受些苦，请别太怜惜，因为早晚总得经过这个过程，这早断一天就早一天，对他对你的身体都有好处。家的意见如断的差不多了，向那里组织请示一下说明理由主要是你的身体健康关系，把小冰让他外祖母抱回家住一时期，这样你可以得到充分休息，但如组织不许可也不要免（勉）强，即或组织上不发奶费就咱们自己负担，总之你的身体搞坏了，不值得多哩！

后方女同志转叶（业），要都转当然你也不能例外，随他怎么办吧！不要过分忧虑，如能在托儿所工作也好，听组织分配吧：反正不是你一个人。

我们四月中可能搬家。以后再告。

我们很好，希勿念。

握手

润西

三月廿八日

家书通读

家书故事

1950 年 10 月 26 日，刘润西随中国人民志愿军第 50 军 148 师奉命入朝参战。10 月 29 日，第 50 军在西线进行战斗，刘润西负责前线指挥部的物资供应，因工作细致，筹谋得当，保障工作在他的带领下有条不紊地进行，得到部队首长的表扬。1951 年 1 月 25 日开始，抗美援朝第四次战役的汉江

◇ 志愿军某部冒着敌人的炮火强行突破汉江。

南岸阻击战成为148师入朝后遇到的最为惨烈的战斗。敌军通过地面部队利用远程火炮和空中优势前后包围攻击148师，将运输沿线进行空中封锁和轰炸，导致我军给养和弹药运送困难。刘润西立即参与到物资运输协调工作中，为第50军防御战胜利作出贡献。志愿军司令部通令表扬第50军全体指战员，特别是148师。

1951年7月，第50军第二次入朝参加战斗，主要任务防止南朝鲜军白马大队、匪特威胁我军后方安全。志愿军总部为了配合我谈判小组尽快达成协议，决定由第50军组织空军、炮兵协同作战，消灭该股敌人。参战的148师、150师各部队周密安排，最终歼敌400余人。刘润西参加了此次战斗的准备工作。

1952年12月，刘润西任第50军司令部管理科科长。1953年1月，第50军召开反敌登陆作战会议，按照会议部署，各师进行反登陆作战的准备工作。

4月12日18时，团营干部训练班汇报会在军会议室召开，刘润西认真准备会议物品。21时40分，蔡正国副军长作最后发言总结。22时左右，几架敌轰炸机突然从东北方向飞来，投下了第一批炸弹，其中一颗炸弹落在距会议室5米处。刘润西不幸在这次轰炸中牺牲，他的生命永远定格在这一刻。

这封信是刘润西牺牲前写给妻儿的最后一封信，在信中对妻儿一件件小事的叮嘱，是他对家人思念和关心；他深知有国才有家，只有国家安全稳定，小家才能幸福安康。刘润西用生命保卫了祖国和人民，保卫了他一直惦念的妻儿，用另一种方式保护和陪伴着他热爱的土地和人民。

何姗

胜利一定是我们的

彭自兴致母书（1953 年 4 月）

彭自兴（1928—1953）

江西玉山人。共有兄妹八人，1946 年秋被国民党抓了壮丁，后随起义部队参加解放军。1952 年 9 月，作为中国人民志愿军第 23 军 67 师 201 团战士入朝作战，同年 12 月底到达三八线附近接替第 38 军防务，对战美军王牌步兵第 7 师，参加了 201 团著名的“丁字山”战斗和石岘洞北山战役。面对强大的美军，曾在前线连续作战 54 天，战斗惨烈至极。1953 年 4 月 16 日夜 22 时，彭自兴随部队第三次进攻石岘洞北山，冒着弹雨勇猛冲锋，不幸中弹身负重伤，经抢救无效，壮烈牺牲。

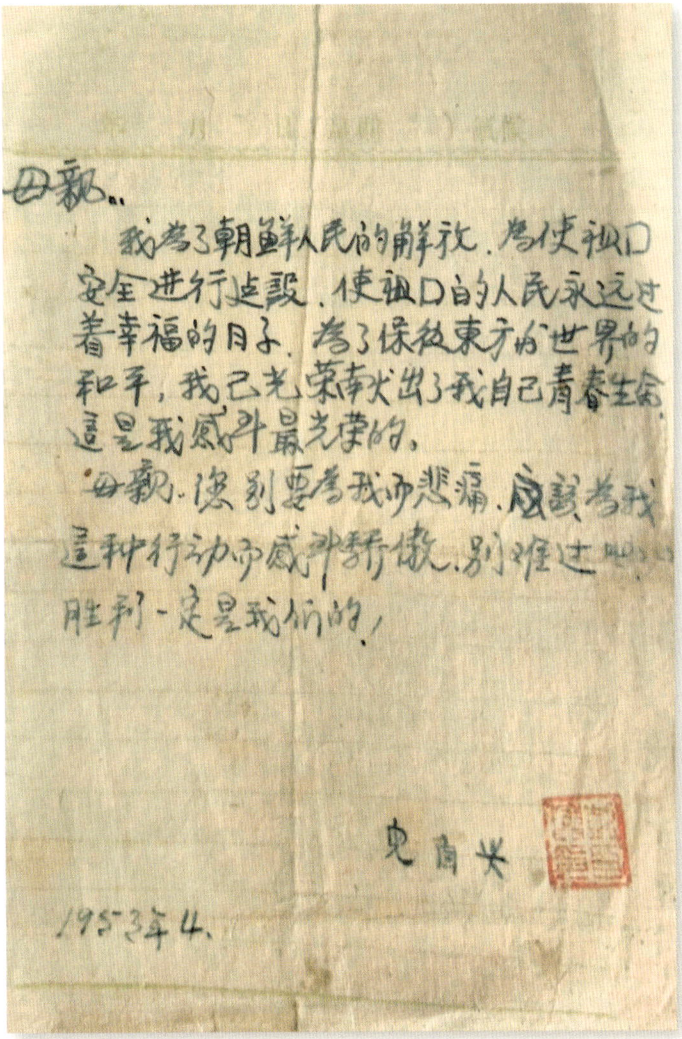
母親：

我為了朝鮮人民的解放，為使祖国安全进行建設，使祖国的人民永远过着幸福的日子，為了保衛東方的世界的和平，我已光荣奉献出了我自己青春生命，這是我感到最光荣的。

母親：您別要為我而悲痛，应該為我這种行动而感到骄傲，别难过吧！！胜利一定是我们的！

兒自兴

1953年4.

家书原文

母亲：

我为了朝鲜人民的解放，为使祖国安全进行建设，使祖国的人民永远过着幸福的日子，为了保卫东方与世界的和平，我已光荣献出了我自己青春生命，这是我感到最光荣的。

母亲，您别要为我而悲痛，应该为我这种行动而感到骄傲，别难过，胜利一定是我们的。

儿自兴

1953 年 4 月

家书诵读

家书故事

1952 年 9 月，彭自兴随中国人民志愿军第 23 军 67 师 201 团入朝作战，同年 12 月底抵达三八线附近接替第 38 军防务，对战美军王牌步兵第 7 师。第 23 军是一支历史悠久、具有光荣革命传统的英雄部队，历经反“围剿”斗争、孟良崮战役、淮海战役等，是第三野战军的主力部队。1953 年 1 月 9 日，第 23 军接替第 20 军防务，担负“丁字山”防御任务。“丁字山”位于朝鲜中部铁原以西 13 公里的芝山洞地区，北为城山、芝山，南经 205 高地与 190.8 高地相接，形似一个“丁”字。

1953 年 1 月 20 日，美第 57 野战炮兵营开始对“丁字山”地区实施炮击，并逐步增强火力。24 日，美空军开始进行轰炸。同时，美地面部队也按预定计划实施了两次试探性进攻。至24日晚，进攻准备就绪。此时担任“丁字山”地区防御任务的是彭自兴所在的志愿军第23军67师第201团，他们面对强大的美军，顽强抵抗、英勇作战，多次抵御美军的冲击。25日下午，美军开始后撤，志愿军随即组织火力追击，美军狼狈退回阵地，“丁字山”战斗最终以美军的惨败而宣告结束。这次战斗是美军自上甘岭战役结束后三个月中规模最大的一次进攻作战。

这封家书是彭自兴牺牲前半月给母亲写的诀别书，内容简短却字字千钧。信中他坚定地写道：“我为了朝鲜人民的解放，为使祖国安全进行建设，使祖国的人民永远过着幸福的日子，为了保卫东方与世界的和平，我已光荣献出了我自己青春生命，这是我感到最光荣的。”彭自兴在写好这封诀别信不久，就以生命兑现了誓言。

1953年，在朝鲜停战谈判的最后阶段，敌我双方都加强了对中间缓冲地区的争夺，以便在确定军事分界线时能占据上风。位于三八线北边的一个小村庄石岘洞，就经历了双方数次攻守，并最终以志愿军胜利告终。

石岘洞北山位于朔宁东北10千米处，是美军第7师17团防御前沿的重要支撑点，由2个连防守，筑有地堡、坑道、盖沟，并设有多层障碍物。3月6日、23日，彭自兴所在的201团两次攻占石岘洞北山，并安全撤离。

◇ 石岘洞北山战斗中的炮兵观察所。

◇ 颁发给彭自兴的《庆祝中国人民志愿军出国二周年纪念册》。

4月16日夜22时，彭自兴随部队第三次进攻石岘洞北山，冒着弹雨勇猛冲锋，不幸中弹，身负重伤，经抢救无效，壮烈牺牲。部队很快攻占了制高点，固守了两天后，于18日凌晨主动撤出。直到7月6日至11日，志愿军再次发起对石岘洞北山的进攻，并完全控制了该地，一直到停战。

彭自兴自从18岁离开家后再未回去过，直到牺牲后，家人才收到一个包裹，里面有一件彭自兴的血衣、一本抗美援朝纪念册以及他的一封亲笔家书。当我们重新捧读这封沾满硝烟与血泪的战地家书，仍然能从中感受到志愿军将士面对强大而凶狠的作战对手，身处恶劣而残酷的战场环境，不惜抛头颅、洒热血，以“钢少气多”力克“钢多气少”，打败了武装到牙齿的敌人，打破了美军不可战胜的神话，谱写了惊天地、泣鬼神的雄壮史诗。

郝禹

必要时有牺牲自己的斗争意志

毛真道致父书（1953 年 5 月 8 日）

毛真道（1932—1953）

河南洛阳人。1951 年 5 月加入中国人民志愿军，成为志愿军第 67 军 200 师 598 团 6 连的一名战士；6 月随军进入朝鲜作战。毛真道参与了 1951 年金城地区秋季防御战役和局部战术反击作战、1953 年春反登陆作战准备、1953 年夏季反击战役、金城战役等数场血战。1953 年 7 月 13 日，毛真道在金城战役中壮烈牺牲，年仅 21 岁。

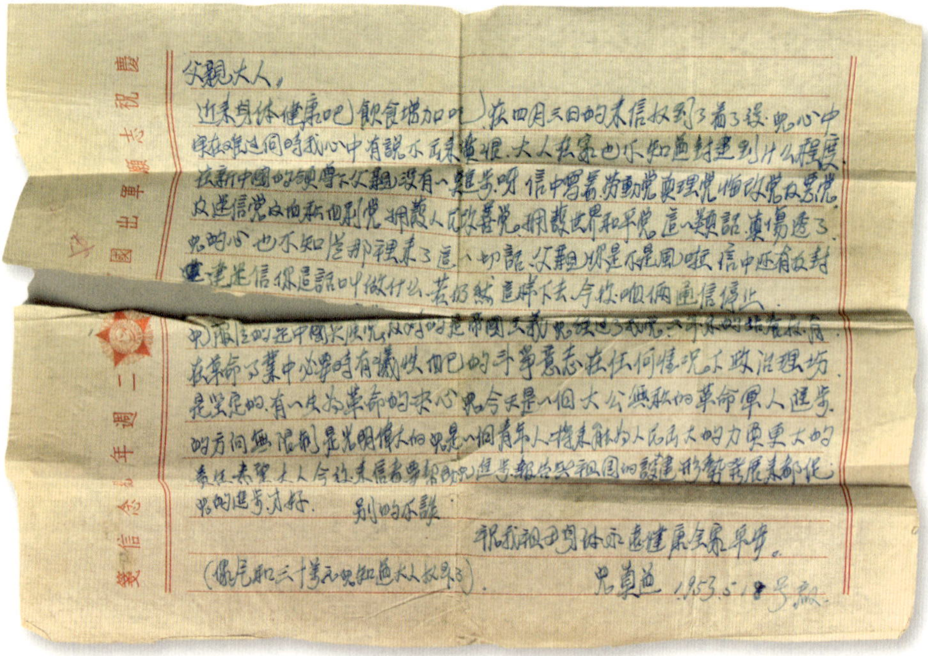

庆祝志愿军出国二周年纪念信笺

父親大人：

近来身体健康吧，飲食增加吧。你四月六日的来信收到了，看了後，兒心中實在难过，同時我心中有說不出来道理。大人在家也不知道封建到什么程度。在新中國的領導下父親沒有一点進步呀。信中寫着勞動光、真理光、[illegible]光、[illegible]光，反迷信光、反[illegible]光，擁護人民政府光、擁護世界和平光。這一類話真傷透了兒的心，也不知是那裡来了這一切話。父親你是不是瘋了哎。信中還有反封建迷信，你這話叫做什么？若仍然這樣下去，今後咱倆通信停止。

兒服從的是中國共產党，反对的是帝國主義。兒經過了我党三年来的培養教育，在革命事業中必要時有犧牲自己的斗爭意志，在任何情况下政治理場是坚定的，有一生為革命的决心。兒今天是一個大公無私的革命軍人，進步的方向無限制，是光明偉大的。兒是一個青年人，將来献給人民更大的力量、更大的責任。希望大人今後来信多幫助兒進步，報告些祖國的建設形勢發展，来[illegible]兒的進步才好。別的不談。

祝我祖母身体永遠健康，全家平安。

（像片和三十萬元兒知道大人收到了）。

兒 眞道 1953.5.18号[illegible]

家书原文

父亲大人：

近来身体健康吧？饮食增加吧？在四月三日的来信收到了看了没？儿心中实在难过，同时我心中有说不出来愤恨。大人在家也不知道封建到什么程度，在新中国的领导下父亲没有一点进步呀！……

儿服从的是中国共产党，反对的是帝国主义。儿经过了我党二年来的培养教育，在革命事业中必要时有牺牲自己的斗争意志，在任何情况下，政治理（立）场是坚定的，有一生为革命的决心。儿今天是一个大公无私的革命军人，进步的方向无限制，是光明伟大的。儿是一个青年人，将来能为人民出大的力，负更大的责任。希望大人今后来信者（都）要帮助儿进步，报告些祖国的建设形势发展，来都（督）促儿的进步才好。别的不谈。

祝我祖母身体永远健康，全家平安。

［像（相）片和三十万元儿知道大人收到了。］

儿真道

1953.5.8 号启

家书诵读

家书故事

毛真道1932年出生于洛阳毛村（现伊滨区李村镇偏桥村毛村）。1951年4月2日，19岁的毛真道取得了洛阳县（今洛阳市）人民政府颁发的摊贩许可证，准备用自己的双手为家庭创造幸福生活。不过，在领取到这张摊贩许可证后一个月，毛真道就响应号召，选择参军前往朝鲜战场，成为中国人民志愿军第67军200师598团6连的一名战士。

1951年6月21日，毛真道所在的第67军入朝参战。第67军历经1951年金城地区秋季防御战役和局部战术反击作战、1953年春反登陆作战准备、1953年夏季反击战役、金城战役等数场血战，是抗美援朝期间志愿军各军中歼敌最多的部队。在朝鲜期间，毛真道常常与父亲和兄长通信，一封封家书翻越国境，跨越万里，传递着毛真道忠于革命的坚定信仰，保家卫国的坚定决心，勇于牺牲的坚强意志，心系家人的赤子之心。

在1952年的一封家书中，毛真道这样写道："父亲大人，信已收到，儿在部队一切都好，就像在家里一样。最近国家派人来慰问，还唱了豫剧，听了很高兴，更加坚定我保卫祖国、保卫和平的决心。"

毛真道不仅自己思想进步，还积极要求家人一同进步，为此甚至在和父亲通信时发生争执。在1953年5月8日的这封家信中，他直言父亲在新中国的领导下，没有一点进步，如果继续这样下去，要和父亲停止通信。同时，他在这封信中表明了自己的信仰："儿经过了我党二年的培养教育，在革命事业中必要时有牺牲自己的斗争意志，在任何情况下，政治立场是坚定的，有一生为革命的决心。儿今天是一个大公无私的革命军人，进步的方向无限制，是光明伟大的。儿是一个青年人，将来能为人民出大的力，负更大的责任。"

可能是觉得自己的话过于直白，怕伤了父亲的心，毛真道又赶紧给自己的大哥写了一封信。信中说："弟在部队一切都好，上次给父亲的信，请大哥帮助做一些解释，万不要让父亲生气。"

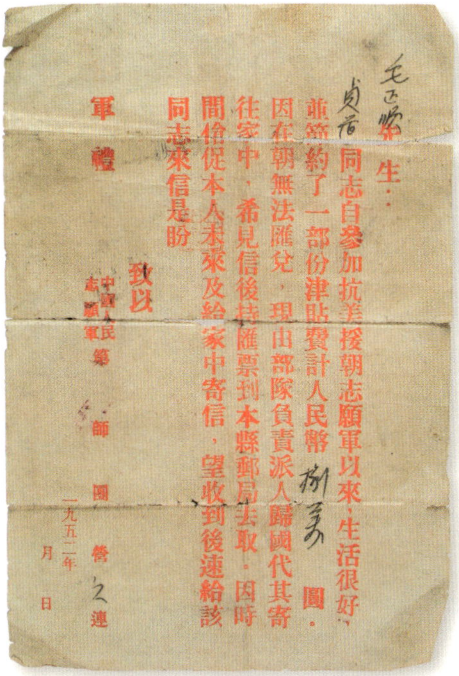

毛正崂先生：
[illegible]同志自參加抗美援朝志願軍以來，生活很好，並節約了一部份津貼費計人民幣[illegible]圓。因在朝無法匯兌，現由部隊負責派人歸國代其寄往家中，希見信後持匯票到本縣郵局去取。因時間倉促本人未來及給家中寄信，望收到後速給該同志來信是盼
致以
軍禮
中國人民志願軍第　師　團　營　連
一九五二年　月　日

◇ 1952 年，毛真道从朝鲜战场给家人寄出的津贴兑换证。

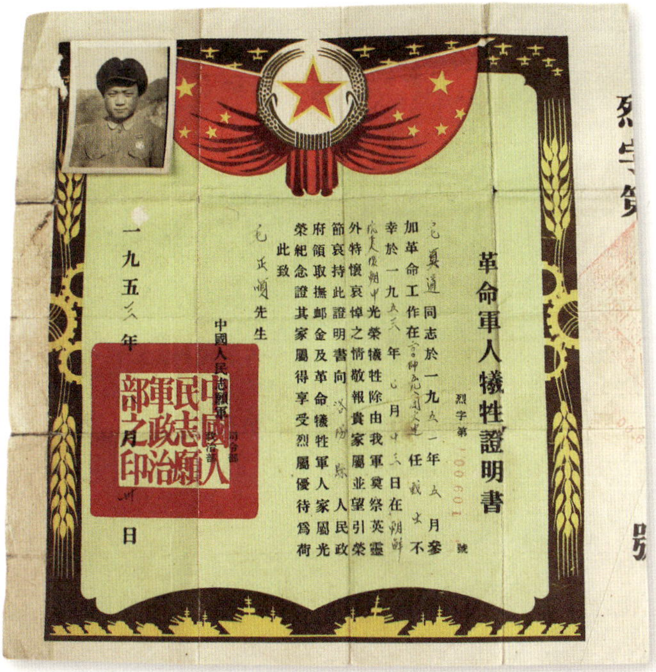

革命軍人犧牲證明書
烈字第 [illegible] 號
毛真道同志於一九五一年五月參加革命工作在[illegible]任[illegible]不幸於一九五三年[illegible]月[illegible]日在朝鮮[illegible]光榮犧牲除由我軍冀祭英靈外特懷哀悼之情敬報貴家屬並望引榮節哀持此證明書向[illegible]人民政府領取撫邺金及革命犧牲軍人家屬光榮紀念證其家屬得享受烈屬優待爲荷
此致
毛正崂先生
中國人民志願軍政治部
一九五三年　月　日
中國人民志願軍政治部之印

◇ 1953 年，中国人民志愿军为毛真道家人开具的革命军人牺牲证明书。

1953 年 7 月 13 日，在这封信寄出两个月后，在抗美援朝战争的最后一战金城战役中，年仅 21 岁的毛真道壮烈牺牲，他用实际行动践行了自己的誓言，此时距离 7 月 27 日朝鲜停战协定签订只剩两周时间。

任昊

舍小家为大家

杜耀亭致妻书（1953 年 5 月 26 日）

杜耀亭（1918—1953）

山西原平人。1937 年 9 月参加八路军，走上抗日救国的革命道路。1942 年 3 月加入中国共产党，从一名后勤助理员走上师后勤处处长岗位。1953 年 1 月时任志愿军第 1 军 7 师后勤处处长的杜耀亭，随部队奉命入朝参战。1953 年 7 月 26 日，在夏季反击战中遭敌机轰炸不幸牺牲。

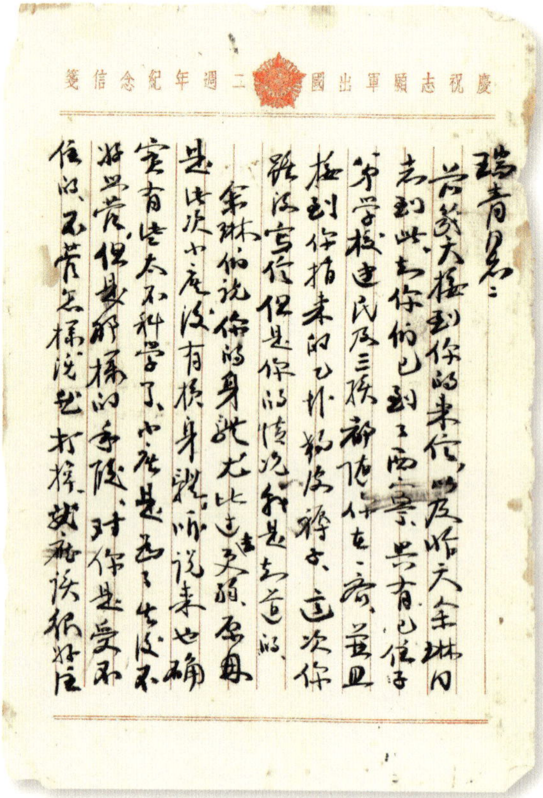

慶祝志願軍出國二週年紀念信箋

瑞青兄：

前几天接到你的来信，以及昨天余琳同志到此，知你们已到了两三天，共有也住了，第学校建民及三孩都随你在一齐，并且接到你捎来的几件物品等，这次你路过家信，但是你的情况我是知道的。

余琳们说你的身体尤比过去弱，原因是此次亦也没有损身体，所说来也确实有些太不科学了，亦应是否？也没不好，只要但是那样的手段，对你是受不住的，不管怎样说也打搅，就那样很好[illegible]

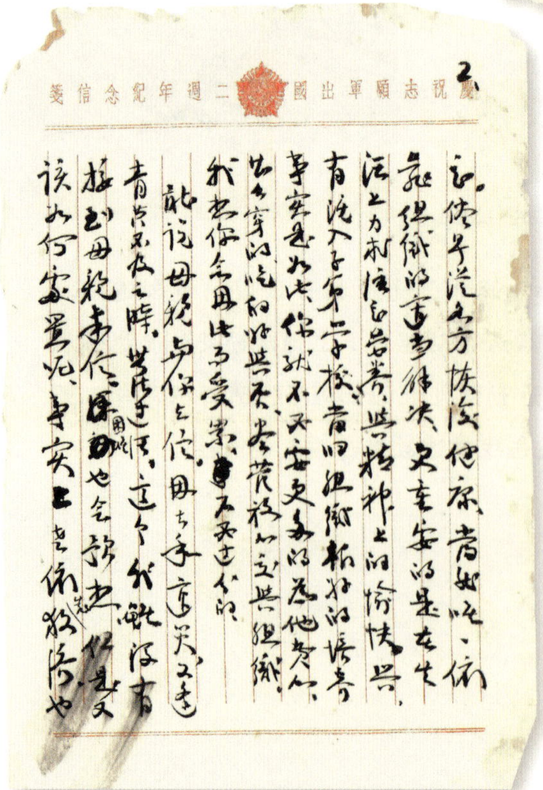

2.

慶祝志願軍出國二週年紀念信箋

心。你等从各方搞设使你，尚如此，你能组织的重要解决，是最安的是在生活上，力求精神上的愉快，要有说入了第一学校，青的组织较好的培养，事实是如此，你就不必要更多的为他发愁，[illegible]的好与不好，[illegible]

我想你会因此而受累，[illegible]

能说母亲与你在信，母去年实又未[illegible]青岛不久之际，[illegible]这个我就没有接到母亲来信，[illegible]也会设想，但是[illegible]谈的何家置呢，事实上[illegible]你的[illegible]也

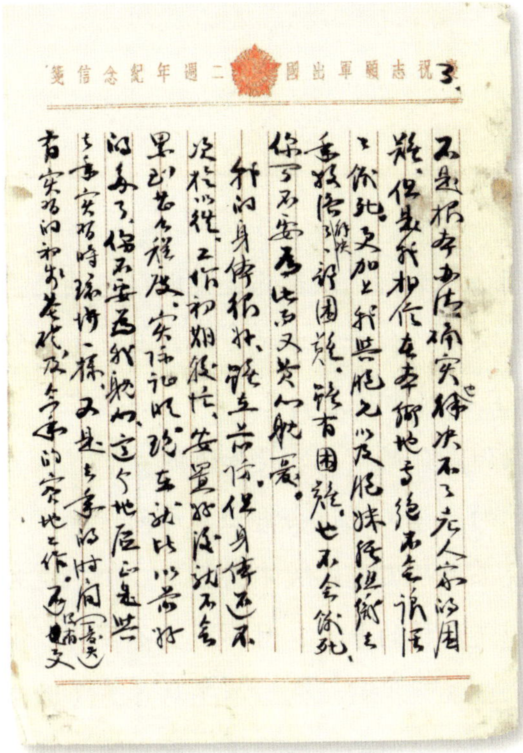
慶祝志願軍出國二週年紀念信箋　3、

不过根本办法确实解决不了老人家的困
难，但是我相信在本乡地方绝不会[illegible]
饿死，更加上我与地方以及[illegible]组织去
[illegible]，即有困难，也不会饿死，
你可不要为此而又[illegible]。
我的身体很好，请至放心，但身体不过不
比在家，工作初期较忙，安置好后就不会
累到若何程度，实际[illegible]现在就比以前好
的多了。你不要为我[illegible]，这个地方正是[illegible]
去年实习时[illegible]一样，又是去年的时间（去冬）
有实习的[illegible]今年的实地工作。[illegible]

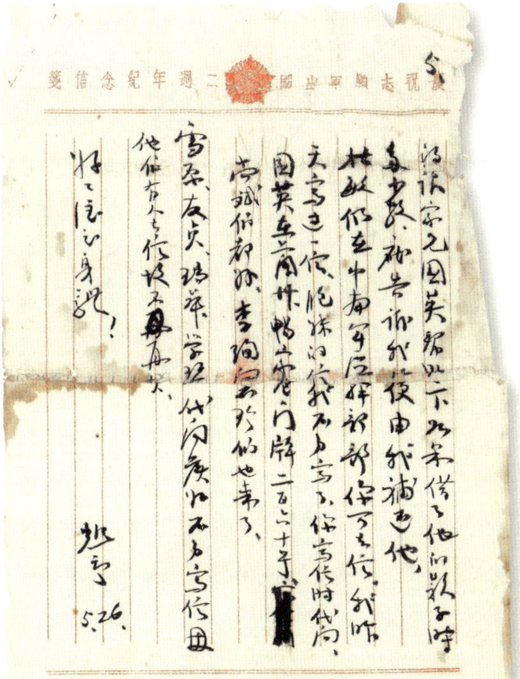
慶祝志願軍出國二週年紀念信箋　5、

的认字，[illegible]国英[illegible]以下的[illegible]借了他的数[illegible]
多少钱，都告诉我，以便由我补还他。
杜敏你在中南军区干部部，你可去信。我昨
天写过一信，[illegible]的信我不再写了。你写信时代问
国英在[illegible]门牌二百六十号[redacted]
[illegible]你们好，[illegible]的也来了，
雷[illegible]、友贞、瑞华、学[illegible]代问候，不再写信了，
他们大人[illegible]代候不再[illegible]，
好好注意身体！
耀亭
5.26.

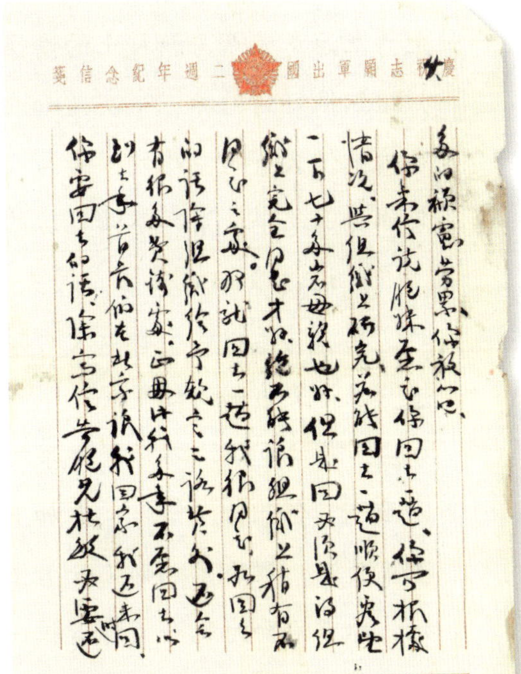
慶祝志願軍出國二週年紀念信箋　6、

多的操劳累，你放心吧。
你来信说[illegible]要你回去一趟，你可根据
情况，与组织上研究，若能回去一趟，顺便[illegible]
一下七十多岁老母亲也好，但是回去须要经组
织上完全同意才好，绝不能让组织上为难，若有不
同意之处，那就回去一趟。我很同意你回去
的话，你跟组织[illegible]说一说，然后再去
有组织[illegible]，[illegible]回去[illegible]
到去年[illegible]说我回家我还未回，
你要回去的话，你写信告诉兄杜敏，要[illegible]

家书原文

瑞青同志：

前几天接到你的来信，以及昨天余琳同志到此，知你们已到了西宁，兴有已住子弟学校，建民及三孩都随你在一齐（起），并且接到你捎来的乙（一）块狗皮褥子。这次你虽没写信，但是你的情况我是知道的。

余琳们说你的身体尤比过去更弱，原因是此次小产后有损身体，听说来也确实有些太不科学了。小产是为了生后不好照管，但是那样的手段，对你是受不住的。不管怎样，既然打掉，就应该很好注意，尽早从各方（面）恢复健康。当然啦，依靠组织的适当解决，更重要的是在生活上力求注意营养与精神上的愉快。兴有既入子弟学校，当归组织很好的培养，事实是如此，你就不必要更多的为他费心，什么穿的、吃的、好与否，尽管放心交与组织。我想你会因此事受累，不必过份的。

听说母亲与你去信。因去年遭灾，又逢青黄不接之时，无法过活。这个我虽没有接到母亲来信，困难也会预想。但是又该如何处置呢？事实上老依靠救济也不是根本办法，确实也解决不了老人家的困难。但是我相信在本乡地面绝不会让活活饿死，更加上我与胞兄以及胞妹经组织去年救济，解决了一部（分）困难。虽有困难，也不会饿死，你可不要为此而又费心担忧。

我的身体很好，虽在前方，但身体还不次于以往。工作初期较忙，安置好后就不会累到什么程度。实际证明，现在就比以前好的多了，你不要为我担心。这个地区正是与去年实习时环境一样，又是去年的时间（夏天），有实习的初步基础及今年的实地工作，还没有更多的顾虑劳累，你放心吧。

你来信说胞妹愿意你回去一趟，你可根据情况与组织上研究。若能回去一趟，顺便看望一下七十多岁母亲也好。但是，回必须是得组织上完全同意才好，绝不能让组织上稍有不同意之处，那就回去一趟，我很同意。如回去的话，除组织给予规定的路费外，还会有很多费钱处。正因此，我多年不愿回去。……去年首长们在北京，让我回家，我还未回。你要回去的话，除写信告胞兄杜敏，必要时还得让家兄国英帮助一下。如果借了他们的款子时，多少数，就告诉我，以便由我补还他。

杜敏仍在中南军区干部部，你可去信，我昨天写过一信。胞妹的信就不另写了，你写信时代问。国英在兰州畅家巷，门牌二百六十号。尚斌们都好，李洵他们也来了。

雪原、友贞、瑞华、学琴代问候好，不另写信，因他们有人去信故不再写。

好好注意身体！

耀亭　5.26

家书诵读

家书故事

1951 年 7 月 10 日，朝鲜停战谈判在开城举行。此后，朝鲜战争开始了旷日持久、军事斗争与政治斗争交织进行的边打边谈局面。为促成朝鲜停战早日实现，1953 年 4 月底 5 月初，志愿军党委决定以打促谈，在正面战场举行战役性反击作战，配合停战谈判。志愿军在经过充分准备之后，于 5 月 13 日开始，采取稳扎狠打、由小到大的指导方针，发起 1953 年夏季反击战役。

7 月 26 日，敌人出动大批飞机对第 1 军 7 师防御阵地实施疯狂轰炸，设在御水洞的 7 师后勤指挥所被炸塌，杜耀亭不幸牺牲，被安葬于朝鲜江原道铁原郡老秃山志愿军 152 号墓地，这处墓地位于三八线以北的军事禁区之内。

◇ 杜耀亭的革命烈士证明书。

这封家书是杜耀亭在牺牲前两个月时写给妻子吕瑞青的最后一封。

杜耀亭在家书中，表达了对组织的无限忠诚和严格的纪律意识。当谈到妻子是否要回老家探望杜母时，杜耀亭告诫“回必须是得组织上完全同意才好，绝不能让组织上稍有不同意之处”。当谈到妻子目前遭受的困难，杜耀亭劝慰妻子要“依靠组织的适当解决，更重要的是在生活上力求注意营养与精神上的愉快”。当谈到孩子进入子弟学校，杜耀亭很放心地表示

“当归组织很好的培养”。

作为共产党员，杜耀亭严格要求自己和家人，克勤克俭，不给组织增添麻烦。关于回乡探望的费用，他说：“如回去的话，除组织给予规定的路费外，还会有很多费钱处。正因此，我多年不愿回去。”关于孩子的成长，他安慰妻子“就不要更多的为他费心，什么穿的、吃的、好与否，尽管放心交与组织”。关于接济家乡的老母，他坚信“在本乡地面绝不会让活活饿死，更加上我与胞兄以及胞妹经组织去年救济，解决了一部分困难，虽有困难，也不会饿死，你可不要为此而又费心担忧”。

1953 年 1 月，杜耀亭随部队入朝参战，他作为第 1 军 7 师后勤处处长，带领机关人员到兄弟部队学习取经，努力改进物资供应办法，通过多库存、多设点的方式加强跟进保障。同时，带领后勤人员修建各种野战仓库，做好物资保管，随时满足部队需要。他还经常深入前沿一线，了解官兵生活情况，帮助大家改善卫生条件和生活环境。由于他工作深入细致，后勤保障能力得到较大提高，为部队作战胜利提供了有力保证。杜耀亭 7 月 26 日

◇ 7 师后勤处机关领导在朝合照，前排左三为处长杜耀亭。

不幸牺牲。后来组织上曾评价他，是优秀的后勤指挥员，对党的事业忠心耿耿，从不计较个人得失，精通业务，始终保持艰苦奋斗、全心全意为人民服务的本色。

杜耀亭曾把最小的儿子过继给战友王波，并改名为王援朝。据王援朝介绍，母亲吕瑞青也是一名革命军人，她曾经给王援朝讲过一件小事："自打跟你父亲结婚后，穿的棉军装都是面子是黄的，里子是花的。原因是当时部队物资供应还很紧缺，冬季棉军装面子是统一的黄颜色，而里子有白的、黄的、蓝的等，其中很多是用一小块一小块各种颜色的布拼接而成的。你父亲是主管后勤的领导，每次要求我带头主动领取这种小块布拼的花里子棉军装，绝不近水楼台接受任何照顾！"

在抗美援朝战场上，有许多像杜耀亭这样的志愿军将士，与自己的亲人离别，舍小家为大家，走向前线，直面艰险、无惧死亡，谱写了惊天地、泣鬼神的雄壮史诗。如今，杜耀亭写给妻子的信被沈阳抗美援朝烈士陵园纪念馆收藏并展出，是那段历史的宝贵遗存和见证。

刘守华

等将来过更安定快乐的日子

王波致妻书（1953 年 5 月 26 日）

王波（1922—1953）

河北定州人。1939 年参加革命成为一名军医。1953 年 2 月，参加中国人民志愿军入朝作战，任志愿军第 1 军 7 师后勤处卫生科防疫股股长。1953 年 6 月 26 日，志愿军第 1 军 7 师 19 团在坑道内的临时指挥所召开作战会议时，遭到敌人 40 多架轰炸机的轮番轰炸，造成坑道的山体垮塌，包括王波在内的 114 名干部全部牺牲，时年 31 岁。

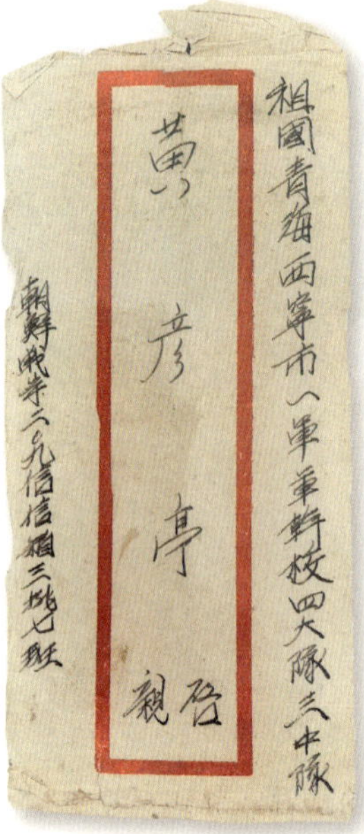

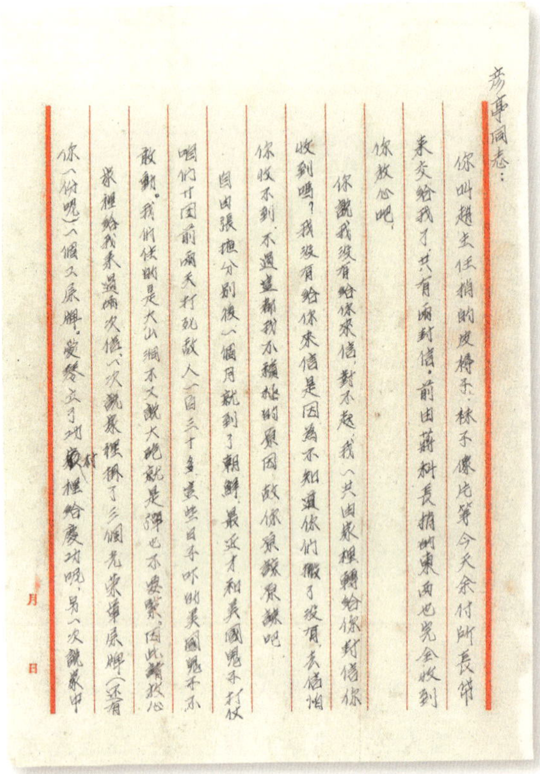

彥亭同志：

你叫趙主任捎的皮椅子、袜子、像片等今天余付所長帶來交給我了，共有兩封信。前由蔣科長捎的東西也完全收到，你放心吧。

你說我沒有給你來信，對不起，我一共由家裡轉給你封信，你收到嗎？我沒有給你來信是因為不知道你們搬了沒有，去信怕你收不到，不過這都我不積極的原因，故你原諒原諒吧。

自由張掖分別後一個月就到了朝鮮，最近才和美國鬼子打仗，咱們才于前兩天打死敵人一百三十多，這些日子嚇的美國鬼子不敢動。我們住的是大山洞，不只說大炮就是彈也不要緊，因此請放心。

家裡給我來過兩次信，一次說家裡掛了三個光榮軍屬牌（還有你一份呢），一個又屬牌。愛琴立了功，村裡給慶功呢，另一次說家中

月

日

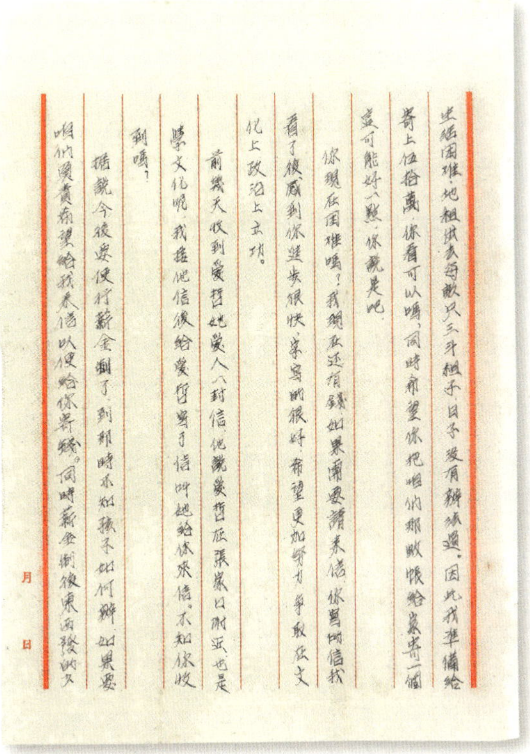

此經困难，她租出去每畝只三斗租子，日子沒有辦法過。因此我準備給
寄上伍拾萬，你看可以嗎，同時希望你把咱們那畝帳給家寄一個
這可能好一點，你就是吧
你現在困难嗎？我現在还有錢，如果需要請来信，你寫的信我
看了後感到你進步很快，字寫的很好，希望更加努力，爭取在文
化上政治上立功。
前幾天收到愛哲她愛人一封信，他說愛哲在張家口附近，也是
學文化呢，我接他信後給愛哲寫了信叫她給你來信，不知你收
到嗎？
据說今後要使行薪金制了，到那時不知孩子如何辦，如果要
咱們負責希望給我來信以便給你寄錢。同時薪金制後東西發的又
月　日

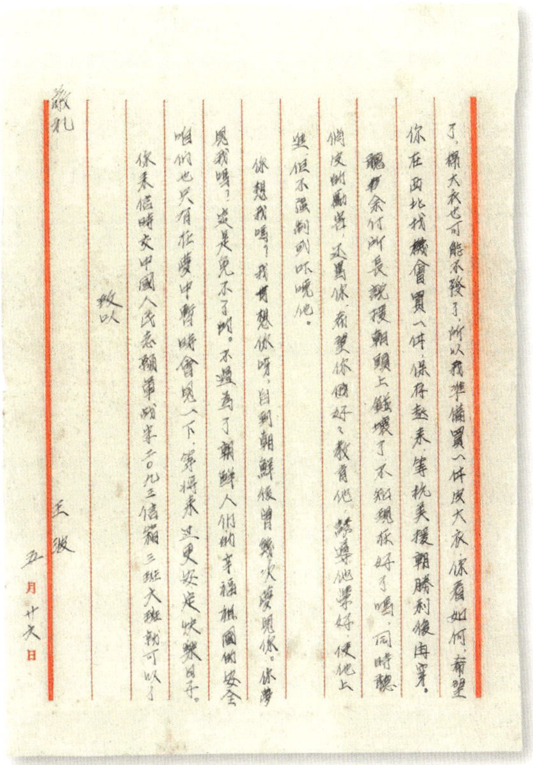

了，棉大衣也可能不發了，所以我準備買一件皮大衣，你看如何，希望
你在西北找機會買一件，保存起来，等抗美援朝勝利後再穿。
聽說余付所長說援朝頭上錢壞了不知現在好了嗎，同時聽
淘皮的厲害，还罵你，希望你好好教育他，誘導他學好，使他上
進，但不強制或吓唬他。
你想我嗎？我時常想你呀，自到朝鮮後曾幾次夢見你。你夢
見我嗎？這是免不了的。不過為了朝鮮人們的幸福祖國的安全
咱們也只有在夢中暫時會見一下，等將來过更安定快樂日子。
你來信時交中國人民志願軍戰字六〇九三信箱三班大班就可以了
此致
敬礼
王波
五月廿六日

家书原文

彦亭同志：

你叫赵主任捎的皮褥子、袜子、像（相）片等今天余付（副）所长带来交给我了，共有两封信。前由蒋科长捎的东西也完全收到，你放心吧。

你说我没有给你来信，对不起，我一共由家里转给你封信你收到吗？我没有给你来信是因为不知道你们搬了没有，去信怕你收不到，不过这都我不积极的原因，故你原谅原谅吧。

自由张掖分别后一个月就到了朝鲜，最近才和美国鬼子打仗，咱们二十团前两天打死敌人一百三十多，这些日子吓的美国鬼子不敢动。我们住的是大山洞，不又（用）说大炮，就是（炸）弹也不要紧。因此请放心。

家里给我来过两次信，一次说家里挂了三个光荣军示牌（还有你一份呢），一个工（公）示牌，爱琴立了功村里给庆功呢。另一次说家中生活困难，地租出去每亩只三斗租子，日子没有办法过。因此我准备给寄上伍拾万，你看可以吗？同时希望你把咱们那蚊帐给家寄一个，这可能好一点，你说是吧？

你现在困难吗？我现在还有钱，如果需要请来信。你写的信我看了后感到你进步很快，字写的很好，希望更加努力，争取在文化上政治上立功。

前几天收到爱哲她爱人一封信，他说爱哲在张家口附近也是学文化呢，我接他信后给爱哲写了信，叫她给你来信。不知你收到吗？

据说今后要使（施）行薪金制了，到那时不知孩子如何办。如果要咱们负责，希望给我来信，以便给你寄钱。同时薪金制后东西发的少了，棉大衣也可能不发了，所以我准备买一件皮大衣，你看如何？希望你在西北找机会买一件，保存起来，等抗美援朝胜利后再穿。

听余付（副）所长说援朝头上碰坏了，不知现在好了吗？同时听（说）俏皮的厉害，还骂你，希望你好好教育他，诱导他学好，使他上进，但不强制或吓唬他。

你想我吗？我可想你呀，自到朝鲜后曾几次梦见你。你梦见我吗？这是免不了的。不过为了朝鲜人们的幸（幸）福，祖国的安全，咱们也只有在梦中暂时会见一下，等将来过更安定快乐日子。

你来信时交中国人民志愿军战字二〇九三信箱三班六班就可以了。

致以

敬礼！

王波

五月廿六日

家书诵读

家书故事

1953年夏，为配合朝鲜停战谈判，中国人民志愿军决定发起夏季反击战役。6月26日，中国人民志愿军第1军7师在196.0高地坑道指挥所召开由团领导、突击营连长和机关人员参加的作战会议。因隐蔽伪装工作不够严密，美军飞行员很快测算好方位，将这一发现以无线电方式传回到美军后方的空军基地。过了不久，被美国空军侦察到了目标。美国空军出动B-29重型轰炸机40余架次，对志愿军第1军7师19团在196.0高地的坑道指挥所及其附近地区狂轰滥炸。四五百磅的重型炸弹倾泻而下，有几颗炸弹正好落在指挥所坑道的上方，造成指挥所整体塌陷，四个坑道出口被大量的土石方掩埋和阻塞。在阵地掩体里的部队官兵立即行动，冒着敌机的轰炸扫射，奋力挖掘被炸塌的坑道口，终因塌方土层太厚，一时未有结果。坑道内的所有人员根本来不及采取任何应急行动，除两人获救外，参加作战会议的团营干部及指挥机构人员114人壮烈牺牲。其中王波也在这场轰炸中牺牲。

◇ 王波与家人合影。

王波和1946年入伍的黄彦亭结婚多年，一直没有子嗣。从抗日战争时期就与王波一起并肩作战的杜耀亭知道这位战友在战争中负过重伤，不能生育，就主动提出把最小的儿子过继给他，并改名叫王援朝。

1953年2月，正准备给儿子办两周岁生日宴的王波接到了开赴朝鲜战场的命令。31 岁的王波告别妻子黄彦亭，以及尚在襁褓中的儿子王援朝，同战友们从甘肃张掖出发，奔赴朝鲜战场。时任志愿军第 1 军 7 师后勤处卫生科股长的王波，负责前线伤员的救治和照料；杜耀亭担任志愿军第 1 军 7 师后勤处处长，负责战士们的后勤保障工作。

牺牲前两个月，王波给妻子黄彦亭写下了这最后一封信，字迹娟秀，信中写道："听余副所长说援朝头上碰坏了，不知现在好了吗……"并在信中嘱咐妻子："希望你好好教育他，诱导他学好，使他上进，但不强制或吓唬他。"字里行间饱含教子之道，满载舐犊之情，传达着父亲对儿子深深的牵挂和喜爱。长大后，儿子王援朝每每读到这封家书，总是热泪盈眶。

来自战场的家书，寄托着志愿军战士对亲友对故乡的眷念、保家卫国的决心、对和平的期望。王波在给妻子的信中写道："不过为了朝鲜人们的幸福，祖国的安全，咱们也只有在梦中暂时会见一下，等将来过更安定快乐日子。"

王波牺牲后，吕瑞清（王援朝的生母）天天陪伴在黄彦亭身边，转述丈夫杜耀亭的庄重承诺："从今以后，你和援朝生活我们全管，并负责到底！"吕瑞清甚至为黄彦亭想得更长更远，婉言告诉她："以后如果遇到合适的，孩子就先交给我们。"温婉贤淑的黄彦亭断然谢绝："援朝是你的骨肉，如今却与我相连了，哪能分开啊！我要将他抚养成人成才，告慰天堂的王波！如果……如果……我宁可一辈子不再嫁！"

天有不测风云。王波牺牲一个月后的 7 月 26 日，前线再次传来噩耗：7 师后勤部指挥所遭遇美军无目标狂轰滥炸，一颗炮弹落在后勤部指挥所，正在开会的杜耀亭和 4 名干部当场牺牲。这时，距朝鲜停战协定签订仅剩一天时间。短短一个月，王援朝两位父亲都牺牲在胜利前夜的战场，永远定格在 30 多岁的年华。

儿子王援朝说："每次看到父亲信封地址开头两字为'祖国'，我就忍不住流泪……"

近年来，中国人民志愿军烈士遗骸一批批回国的消息，让王援朝再度燃起希望。他期盼着有一天也能去迎接父亲们的遗骸回国，或者去父亲们埋葬的地方，在他们的墓碑前叫一声“爸爸”，告诉他们：“祖国如他们期盼的强大、安定、美好。他们的血没有白流，他们没有白牺牲！”

梁茵

让我们共同守卫着祖国的大门

王天资致李春吉书（1953年7月5日）

王天资

王天资，守卫朝鲜西海岸铁山半岛志愿军战士。

李春吉，中国共产党党员，志愿军空军第6师中队长。1953年6月24日，李春吉在战斗中追击敌机，入海30公里，与敌“空中拼刺刀”。将敌长机击落的同时，自己驾驶的战机中弹，被迫海上跳伞，在海上搏击七小时，最终获救，是新中国空军飞行员第一次海上跳伞成功。

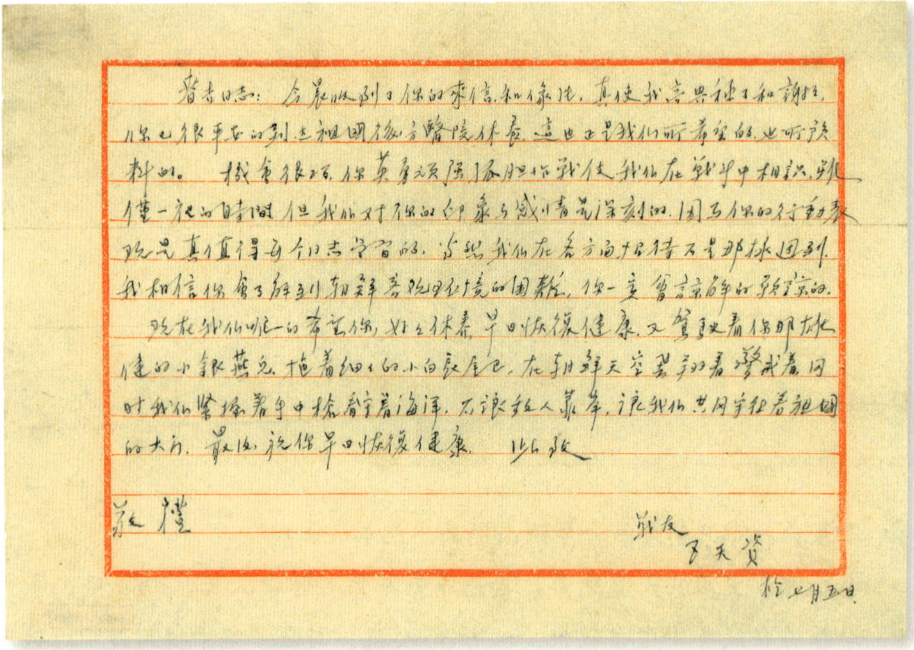

晋杰同志：今晨收到了你的来信和像片，真使我高兴极了和谢谢，你已很平安的到达祖国后方医院休养，这也正是我们所希望的，也所预料的。　机会很巧，你英勇顽强协助作战，使我们在战斗中相识，虽仅一夜的时间，但我们对你的印象与感情是深刻的。因为你的行动表现是真值得每个同志学习的。虽然我们在各方面招待不是那样周到，我相信你会了解到朝鲜当地环境的困难，你一定会谅解的。

现在我们唯一的希望你，好好休养，早日恢复健康，又驾驶着你那矫健的小银燕儿，拖着细细的小白尾巴，在朝鲜天空里翱翔着警戒着。同时我们紧握着手中枪守着海洋，不让敌人靠岸，让我们共同守卫着祖国的大门。最后，祝你早日恢复健康。　此致

敬礼

战友　丁天资

於七月五日

家书原文

春吉同志：

今晨收到了你的来信和像（相）片，真使我高兴极了和谢谢。你已很平安的到达祖国后方医院休养，这也正是我们所希望的，也所预料的。机会很巧，你英勇顽强孤胆作战使我们在战斗中相识，虽仅一夜的时间，但我们对你的印象与感情是深刻的，因为你的行动表现是真值得每个同志学习的。当然我们在各方面招待不是那样周到，我相信你会了解到朝鲜客观环境的困难，你一定会谅解的原谅的。

现在我们唯一的希望你好好休养，早日恢复健康，又驾驶着你那雄健的小银燕儿，拖着细细的小白长尾巴，在朝鲜天空飞翔着警戒着。同时我们紧握着手中枪看守着海洋，不让敌人靠岸，让我们共同守卫着祖国的大门。最后祝你早日恢复健康。此致

敬礼！

战友　王天资

于七月五日

家书诵读

家书故事

这是志愿军战士王天资写给志愿军空军第6师中队长李春吉的信，信中表达了对李春吉英勇顽强作战的敬意，表现了志愿军协同作战、保家卫国的决心。

1953年6月上旬，为配合停战谈判，中国人民志愿军在朝鲜人民军的配合下，进行夏季反击战，取得很大胜利。敌军不甘心失败，利用复杂多变的天气，大量出动飞机，对朝鲜北部的重要铁路、桥梁、机场、水库等目标进行轰炸破坏。志愿军空军为保卫重要目标，根据敌机出动情况，以小编队、多层次、多梯队的战斗活动方式，出航与敌机空战。6月24日上午，100多架敌机对鸭绿江大桥进行空袭，空军第6师和兄弟部队机群在铁山龙岩浦上空与敌机展开激烈空战。战斗中，李春吉发现我方机群左侧有两架敌机，企图偷袭我带队长机，李春吉迅速进行反击，将两架敌机驱散成单机后，对其中一架敌机进行追击，一直将它追到海上，在距离海岸约30公里处，与敌机“空中拼刺刀”，将敌机击落。

在李春吉追击敌机时，另有两架敌机钻到李春吉战机后面偷袭，格斗中，李春吉驾驶的战机中弹、座舱盖被掀掉，自己也受了伤。他拼尽全力采取紧急措施，却都归无效。万分不舍中，只得弃机海上跳伞。入海后，为躲避敌机扫射，李春吉奋力划着随身携带的救生橡皮艇。在汹涌的海浪中，一支桨被海水冲走，他就摘下飞行帽当桨划，飞行帽被水泡软，就用橡皮勺作划桨。在茫茫大海中，李春吉拼搏了近七个小时，筋疲力尽、伤口剧痛，几次险些支撑不住。黄昏时分他发现前方隐约有岛屿，尽全力向岛屿方向划去。快接近海岛时，他掏出手枪向岛上鸣枪求援。过了一会儿，一艘船开了过来，问：你是干什么的？听到熟悉而亲切的中国话，李春吉高兴地回答，我是志愿军空军飞行员。原来，这是铁山海岸的志愿军守岛部队。铁山距安东（今丹东）不远，守岛部队立即用汽车把李春吉送到志愿军空军司令部。

在这次战斗中，李春吉击落敌机后，在自己和飞机负伤的情况下，沉

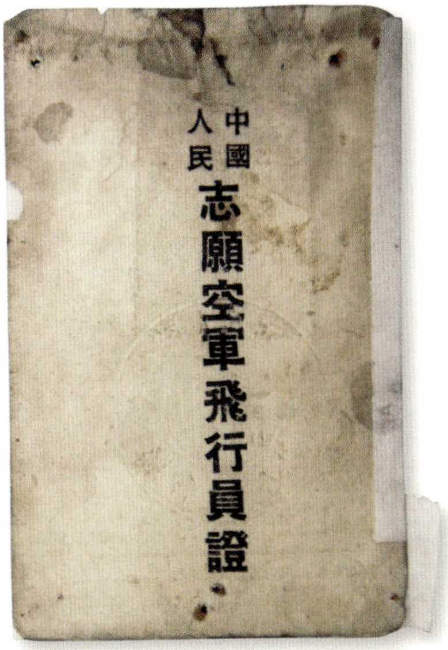

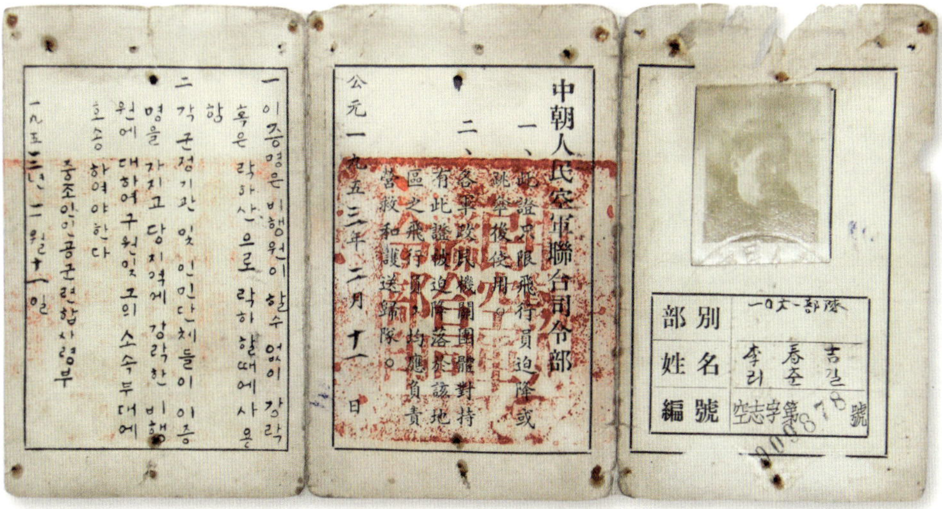

◇ 李春吉的中国人民志愿空军飞行员证。

着冷静、坚毅勇敢，是志愿军空军（也是人民解放军空军）第一个海上跳伞成功的奇迹，受到志愿军空军首长的高度赞扬，荣立三等功。

从信中所写内容来看，王天资是守卫朝鲜西海岸铁山半岛、参与救助李春吉的志愿军战士。他说："你英勇顽强孤胆作战使我们在战斗中相识，虽仅一夜的时间，但我们对你的印象与感情是深刻的，因为你的行动表现是真值得每个同志学习的。"王天资还表达了良好祝愿，希望他早日康复，驾驶战斗机在"朝鲜天空飞翔着警戒着"，同时自己要"紧握着手中枪看守着海洋"，"让我们共同守卫着祖国的大门"。

曹艺

希望能够早点回到祖国

宋云亮致妻书（1953 年 7 月 30 日）

宋云亮（1923—1977）

陕西临潼人。1938 年 8 月参加八路军，同年到陕北公学学习，12 月入延安抗大学习，同月加入中国共产党。毕业后，到晋察冀 3 分区 1 支队政治处任干事，参加了百团大战。历任晋察冀 3 分区 1 支队副政治指导员、晋察冀军区炮兵团 2 营 4 连政治指导员、华北军区第 66 军炮兵团 2 营营长。1949 年参加开国大典，并指挥鸣放礼炮。1951 年赴朝参战，任志愿军第 66 军 198 师炮兵团团长。1955 年被授予中校军衔。

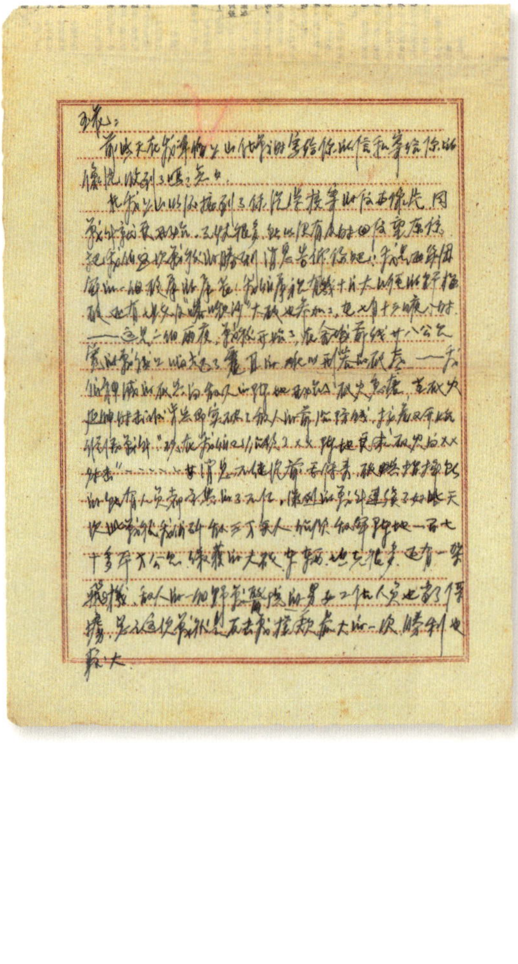

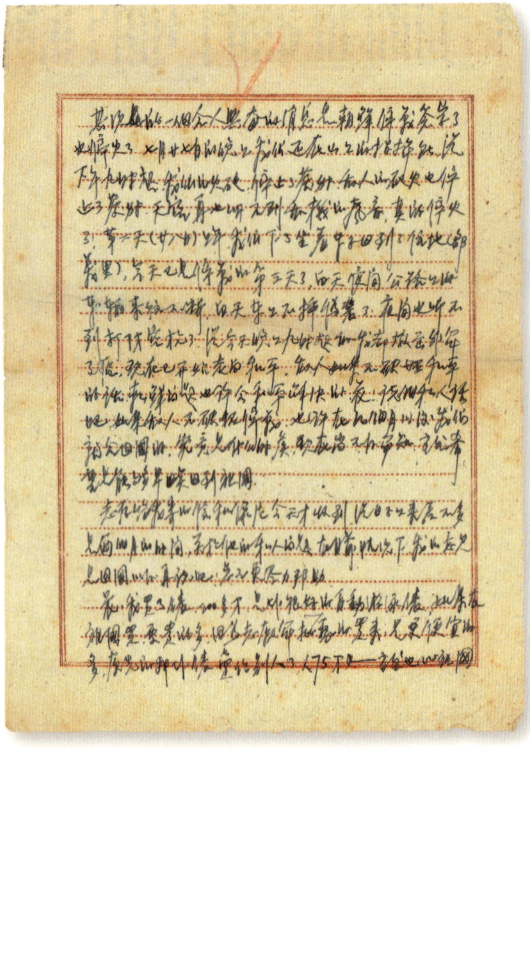

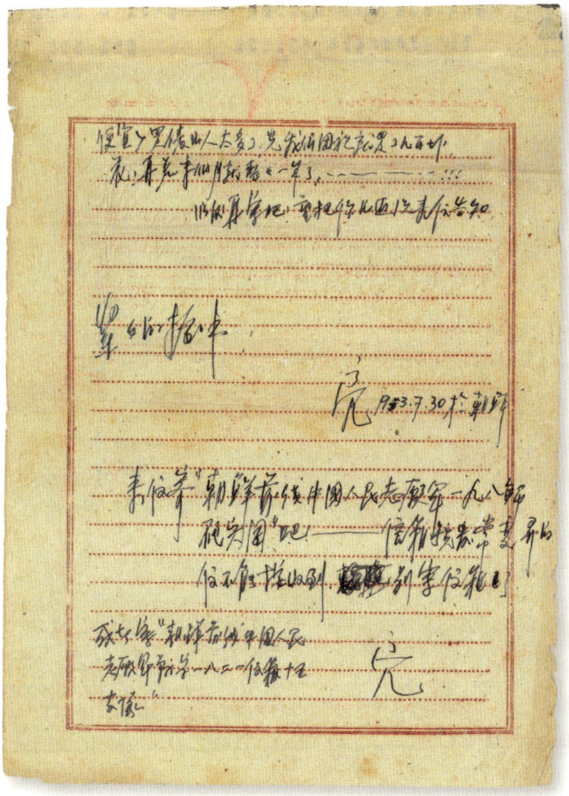

便宜了里头的人太多了，兑我们国家说还是人民币。
夜！再不来信我就急的一年了，……!!!
收到再写吧，要把你儿近况来信告知。

紫台同志 握手，

亮 1953.7.30于朝鲜

来信寄"朝鲜前线中国人民志愿军一八八部
现字团"吧——信封地址常变，并也
信不能接收到 [illegible] 别字信私了」

我的信寄"朝鲜前线中国人民
志愿军第一八二一信箱十五
支队"

亮

家书原文

玉花：

前些天在我准备上山作战时写给你的信和寄给你的像（相）片，收到了吗？念念。

在我上山以后，接到了你从学校寄的信与像（相）片，因战斗就要开始，事情很多，所以没有及时回信，望原谅。

把我们这次战役的胜利消息告诉你吧！我是西集团军的一个炮群的群长！我们群里有几十门大口径的野榴炮，还有坦克及“喀啾（秋）沙（莎）”大炮也参加了。

在七月十三日夜八时——这是一个雨夜，战役开始了。在金城前线廿八公里宽的战线上，响起了震耳的、难以形容的炮声——我们神威的炮兵向敌人的阵地开始了炮火急袭。在炮火延伸射击之后，步兵即突破了敌人的前沿防线，接着又开始纵深战斗。“现在我们已占领了 ×× 阵地，要求炮火向 ×× 射击”……等消息不继（断）从前面传来，炮兵指挥所的所有人员都高兴的了不得。激烈的战斗连续了好些天。

此次战役，我们歼敌三万余人，占领敌军阵地一百七十多平方公里，缴获的大炮、车辆、坦克很多，还有一架飞机。敌人的一个野战医院的男女工作人员也当了俘虏。

总之，这次战役是反击战规模最大的一次，胜利也较大。

其次的一个令人兴奋的消息是朝鲜停战签字了，也停火了。

七月廿七日的晚上，我们还在山上的指挥所，从下午九时起，我们的火炮停止了发射，敌人的炮火也停止了发射，天空再也听不到敌机的声音，真的停火了！第二天（廿八日）上午，我们下了（山）坐着车子回到了住（驻）地（邹义里）。今天已是停战的第三天了。白天夜间，公路上的车辆来往不断。白天车上不插伪装了，夜间也听不到打防空枪了。从今天晚上九时起，敌我都撤出非军事区。现在已开始走向和平。敌人如果不破坏和平的话，朝鲜问题也许会和平解决的。花！说个私人话吧，如果敌人不破坏停战，也许在几个月以后，我们就会团圆的。究竟是什么时候，现在尚不得而知，当然希望是能够早点回到祖国。

志存给我寄的信和像（相）片，今天才收到。从日子上（算）来，差不多是两个月的时间。关于他的私人问题，在目前情况下，我的意见是回国以后再说吧！总之，要尽力帮助。

花，我买了表，200 多万，是块很好的自动游泳表。如果在祖国买，要贵的多，因为志愿军整批的买来，是更便宜的多。原先的那块表卖给别人了（75 万——当然也比祖国便宜）。买表的人太多了，光我们团里就买了几百块。

花！再差半个月，就整整一年了，……！！！

以后再写吧！望把你的近况来信告知。

紧紧的握手。

亮

1953.7.30 于朝鲜

来信寄“朝鲜前线中国人民志愿军一九八师炮兵团”吧——信箱号经常变，弄的信不能按（时）收到。别写信箱了，或者寄“朝鲜前线中国人民志愿军战字一八二一信箱十五支队”。

亮

家书诵读

家书故事

这是朝鲜停战后不久，时任志愿军第 66 军 198 师炮兵团团长的宋云亮写给妻子胡玉华（小名玉花）的家书。在信中，宋云亮描述了金城战役的情形，告诉妻子战役胜利的消息和停战的情况。

金城战役是抗美援朝战争的最后一次战役。1953 年 6 月 8 日，朝鲜战场停战谈判关于战俘问题达成协议。至此，朝鲜停战谈判各项议程已全部达成。6 月中旬，重新校订军事分界线的工作基本完成，谈判双方即将签订停战协定。但李承晚集团以“就地释放”为名，强行扣留朝鲜人民军被俘人员 2.7 万余名，并且宣称南朝鲜准备单方面继续打下去，企图破坏停战的实现。为实现稳定可靠的停战，志愿军决定，以金城以南地区的南朝鲜军为主要攻击目标，发起金城战役，狠狠打击南朝鲜军，确保停战的顺利实施和停战协定的落实。

志愿军第20兵团3个突击集团和第9兵团24军，于1953年7月13日晚向金城以南地区南朝鲜军四个师防守的25公里宽的弧形战线发起进攻。27日战役结束。此役历时15天，志愿军第20兵团及第9兵团24军突破南朝鲜军四个师防守的正面宽达25公里的坚固阵地，向南扩展阵地160多平方公里，拉直了金城以南地区战线，重创南朝鲜军四个师，毙伤俘敌5.3万余人，有力促进了朝鲜停战的实现。

金城战役是志愿军火炮使用最多的一次战役，志愿军炮兵发挥了巨大作用。战役中，志愿军炮兵在25公里的进攻正面上，配置82毫米口径以上各种火炮1100余门。总攻开始后，各作战集团组成的各级炮兵群，在同一时间，以急袭射击进行炮火准备，持续时间最短7分钟，最长28分钟，将1900余吨炮弹倾泻到敌军阵地，毁坏敌军工事达30%—40%，支援步兵部队仅一小时就突破南朝鲜军四个师的坚固防御阵地。在打击敌军反扑中，被志愿军炮火击退的敌军冲锋约占总数的40%。整个金城战役共消耗炮弹1.9万吨，相当于志愿军在第一次至第五次战役中消耗炮弹总量的2.2倍。宋云亮在战役中担任西集团军的一个炮群群长，他为炮兵的实力和强大火力而骄傲："群里有几十门大口径的野榴炮，还有坦克及喀秋莎大炮"，"震耳的、难以形容的炮声"，"我们神威的炮兵向敌人的阵地开始了炮火急袭"，"炮兵指挥所的所有人员都高兴的了不得"。

◇ 金城战役中，志愿军火箭炮部队向"联合国军"阵地发射炮弹。

1953 年 7 月 27 日，朝鲜停战协定在板门店签订。同日，金日成、彭德怀向朝中部队发布停战命令："自 1953 年 7 月 27 日 22 时起，即停战协商签字后的十二小时，全线完全停火。"命令还要求朝中部队坚决遵守停战协定，并保持高度戒备，防止来自对方的任何侵袭和破坏行动。宋云亮欣喜地告诉妻子朝鲜停战的消息，描述了停战命令发布后战场的情况，同时对敌人破坏和平保持警惕。他说："如果敌人不破坏停战，也许在几个月以后，我们就会团圆的。"

◇ 宋云亮在朝鲜停战回国后与妻子胡玉华合影，摄于 1954 年。

宋云亮和胡玉华相识于 1946 年秋天，宋云亮在与国民党军的战斗中负伤，得到胡玉华和一起支前的乡亲的救护。宋云亮伤愈归队后，两人一直书信往来，感情日深。1949 年 8 月，宋云亮向组织递交了结婚申请；9 月，他奉命从天津开赴北平，参加开国大典阅兵；10 月，他的结婚申请得到组织正式批准后，和胡玉华在天津举行了婚礼。朝鲜停战后，历经战火硝烟的宋云亮憧憬着早点回到祖国。不久，宋云亮随部队回国，终于和妻子胡玉华等亲人团聚。

胡晓岚

有月亮也是夜战的好时候

邵尔谦致弟书（1953 年 9 月 22 日）

邵尔谦（1929—2016）

又名少康、邵亢，1929 年出生于北京。中国共产党党员。1948 年 7 月从北平市立第 7 中学高中毕业，12 月从北平教育部师资训练所肄业。1949 年 3 月自愿参军入伍，在第四野战军特种兵炮兵第 2 师文工队任队员、演员、乐手、创作员。1950 年 10 月入朝作战，1953 年 10 月归国。2016 年 9 月去世。

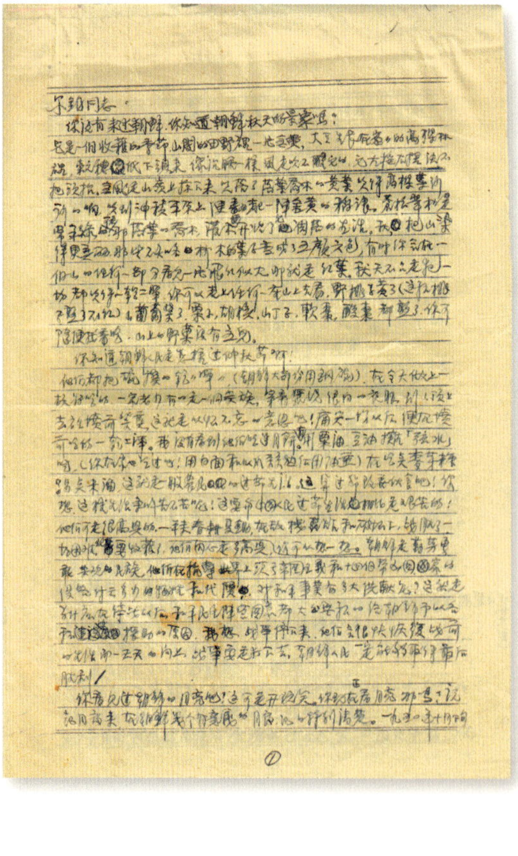

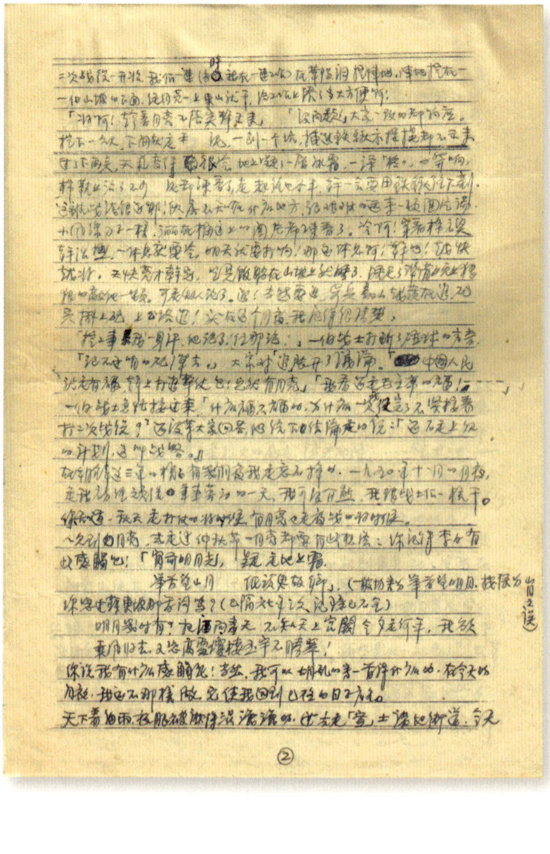

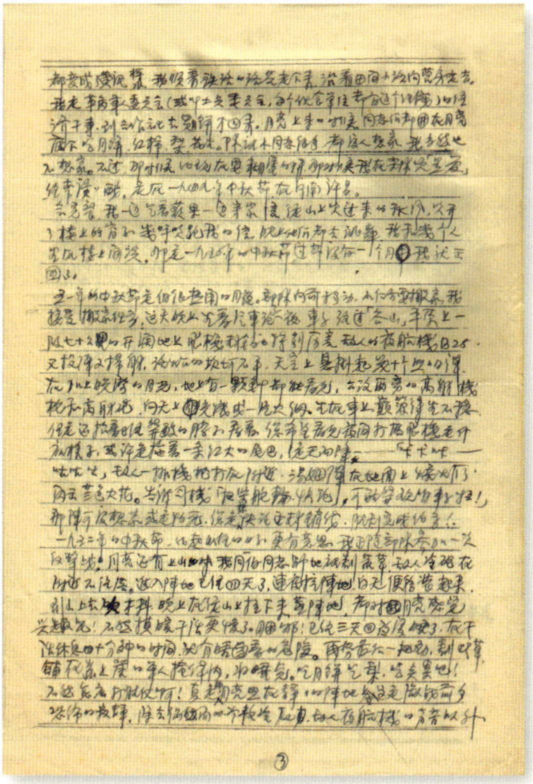

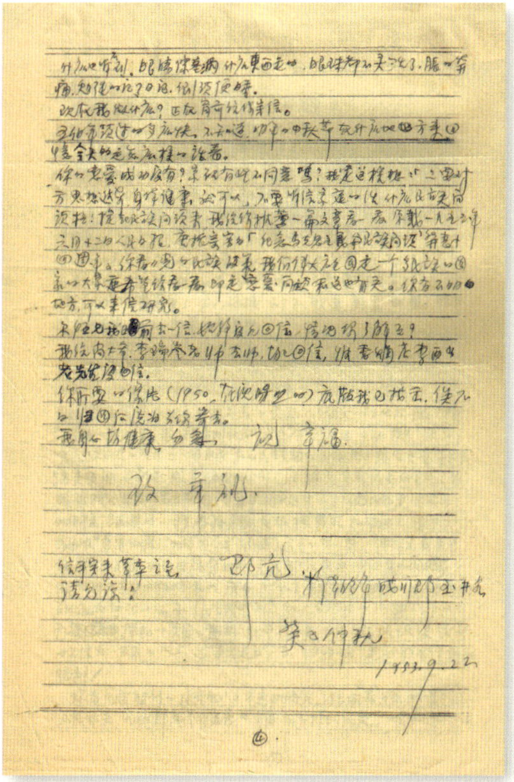

家书原文

尔钧同志：

你没有来过朝鲜，你知道朝鲜秋天的景象吗？

它是一个收获的季节。山间的田野里一片金黄，大豆生长在密密的高粱林里，谷穗低下头来，像沉睡一样，风是吹不醒它的，它左摇右摆，决不把头抬。金风从山岭上掠下来，吹落了落叶乔木的黄叶，吹得高粱叶沙沙的响，吹到冲积平原上，便翻起一阵金黄的稻浪。苍松翠柏是常年绿的，可是那落叶的乔木、灌木便开始了它凋落的生活。秋，把山染得更美丽，那些不知名林木的叶子变成了五颜六色。有时，你会在一个山的任何一部分看见一片飞红似火，那就是红叶。秋天不只是把一切都吹得一干二净，你可以走上任何一座山上去看，野桃子黄了（这种桃子熟了不红），山葡萄紫了，栗子、胡桃、山丁子、软枣、酸枣都熟了，你可随便找着吃，山上的野果没有主儿。

你知道朝鲜人民是怎样过仲秋节的啊！

他们都把碗擦的干干净净（朝鲜大部分用钢碗），在今天做上一顿好吃的。一家老少，有的是一个家族，穿着浆洗很白的衣服，到山顶上去祖坟前祭奠，这就是以怀不忘的意思吧。痛哭一场以后，便在坟前吃的一干二净。我没有看到他们吃过月饼，有用粟油、豆油摊“弦水”（朝鲜百姓加工食品的一种方法，类似摊煎饼的做法）吃（你在家里也吃过吧！用白面和以瓜丝后，用油煎），在（再）吃点麦芽糖，喝点米酒，这就是一般农民的过节生活。这算过节改善伙食吧！你想，这样生活条件苦不苦呢！这要与中国人民过节生活相比，是艰苦的，他们可是很高兴的。一年来，春耕夏锄，在敌机轰炸和破坏下，战胜了一切困难，现要收获了。你可以想一想，他们内心是多高兴。朝鲜是勤劳、勇敢、乐观的民族，他们在抗击世界上头号帝国主义和十四个帮凶国家的侵略，付出多少牺牲和代价，对和平事业有多大供（贡）献呢？这就是为什么在停战以后和平民主阵营国家都大公无私的给朝鲜以各种援助的原因。我想，战争停下来，他们会很快恢复战前的生活而一天天的向上，战争要是打下去，朝鲜人民一定能够取得最后胜利！

你看见过朝鲜的月亮吧？这可是开玩笑。你现在正看月亮那吗？记起月夜来，在朝鲜几个有意义的月夜记的特别清楚。一九五〇年十月下旬二次战役一开始，我们一连（当时我在一连工作），在华阳洞挖阵地，阵地挖在一个山坡的下面，从月亮一上东山就干，给工作上添了多大方便啊！

“好啊！趁着月亮不落，突击出来！”“没问题！”大家一致的都响应。挖下一公尺，下面就是稀泥。一刨一个坑，插进铁锹不摇晃都不出来。过了下（半夜）两点，天气变得很冷，地上凝了一层冰霜，一踩，“格格”的声响，棉鞋上沾了不少泥，都冻着（住）了，走起路也不平，干一会（儿）要用铁锹往下铲。这离战线很近哪！伙房不知在什么地方，很艰难的送来一顿面片汤，小风像刀子一样，洒在桶边上的面片都冻着（住）了。冷啊！穿着棉袄干活热，一休息就要冷。明天就要打响！那（哪）还休息啊！干吧！越快越好。天快亮才干完。吃完饭，躺在山坡上就睡了。睡足了，准备晚上狠狠的敲他一顿，可是敌人跑了。追！当然要追！步兵翻山越岭在追，炮兵挂上炮，上公路追！就在这个月夜，我记得很清楚。

“挖工事累我一身汗。他跑了，往那（哪）跑！”一个战士打断了碰球的声音。“跑不过咱的炮弹去！”大家对“追”展开了议论。“中国人民就是有福，赶上打追击仗吧，它就有月亮。”“我看还是（托）毛主席的福！……”一个战士急忙接过来，“什么福不福的，为什么一次战役完了，不紧接着打二次战役？”还没等大家回答，他给下结论似的说：“还不是上级的计划，这叫战略。”

在朝鲜这三年的样子，有几个月夜我是忘不掉的。一九五〇年十一月的月夜，是我初经顽强军事劳动的一天，我可没有熊，我跟战士们一样干。你知道，秋天是打仗的好时候，有月亮也是夜战的好时候。一见到月亮，或是过仲（中）秋节的月亮，都要有些想法。你记得李白有此感触吧！

“窗（床）前明月光，疑是地上霜。举首望山月（举头望明月），低头思故乡。”（一般写为“举首望明月”，按为山月之误）

你念过苏东坡那首词吗？（已隔六七年之久，记忆已不全）

“明月几时有？把酒问青天。不知天上宫阙，今夕是何年。我欲乘风归去，又恐高处琼楼玉宇不胜寒。”

你说我有什么感触呢？当然，我可以胡乱的写一首诗什么的。在今天的月夜，我还不那样做，它使我回到以往的日子里。

天下着细雨，衣服被淋得湿漉漉的，过去是“黄”土满地（的）街道，今天都变成黄泥浆。我顺着铁路的路基走下来，沿着田间小路向营房走去。我是革命军人委员会（或叫士兵委员会，每个伙食单位都有这个组织）的经济干事，到合作社去买月饼才回来。月亮上来的时候，同志们都围在月亮底下吃月饼、红柿、梨、花生。队里小同志很多，都没人想家，我当然也不想家。不过，那时候比现在要糊涂的很。那时候，我在乐队吹“黑管”，经常演演戏，是在一九四九年中秋节，在河南许昌。

会完餐，我一边吃着苹果，一边写家信，从山上吹过来的秋风，吹开了楼上的窗子，几乎吹跑我的信。晚上，他们都去跳舞，我和几个人里面楼上闲谈。那是一九五〇年的中秋节，过节没有一个月，我就出国了。

五一年的中秋节，是个很热闹的月夜。部队向前移动，小后方要搬家，我接受搬家任务。这天晚上，坐着汽车跑了一夜。车子经过“谷山”，平原上一段七十公里开阔地上，飞机封锁的特别历（厉）害，敌人的夜航机B–25又投弹、又扫射，路炸得坎坷不平，天空上悬挂起几十个照明弹，在（再）加上皎洁的月光，地上有一颗针都能看见。公路两旁的高射机枪和高射炮，向天上交织成一片火网。坐在车上颠簸的坐不稳，但是还抬着已经发酸的脖子看着，总希望看见夜间打落飞机是什么样子，或许是拖着一条红火的尾巴，从天而降……“咔咔咔——咕咕咕”敌人一排机枪打在附近，汤姆弹在地面上爆炸了，闪出兰（蓝）色火花。告诉司机：“把紧舵轮，快跑，可能发现咱车子啦！”那阵可没想家或是怕死，总是想快跑过封锁线，胜利完成任务！

一九五二年的中秋节，比起以往的日子更有意思。我正随部队参加一次反击战。月亮还（没）有上山时，我同一个同志野地里割荒草，敌人（的）冷炮在附近不住（地）落。进入阵地已经四天了。连夜挖阵地，白天便伪装起来，到山上去砍木料，晚上在（再）从山上拉下来盖阵地，都对月亮感觉兴趣呢！不然摸瞎干活更慢了。困哪！已经三天四夜没睡了，在干活休息十分钟的时间，就有睡着的危险。再努最后一把劲，割些草，铺在靠上（山）崖的单人掩体内，好睡觉。吃月饼吃梨，吃苹果吧，不然怎么打胜仗啊！真是的，月亮照在静静的阵地上空，这是激战前夕恐怖的寂静，除去偶而（尔）的冷枪冷炮、敌人夜航机的声音以外什么也听不到。眼睛像塞满什么东西是（似）的，眼珠都不灵活了，胀的发痛，勉强的记了日记，倒头便睡。

现在我做什么？正在窗前给你写信。

五个年头过的多么快，不知道明年的中秋节在什么地方来回忆今天的，是怎么样的活着。

你的恋爱成功没有？家里有些不同意吗？我是这样想：只要对方思想进步，身体健康就可以，不要听信家庭的话，什么民族问题啦！提起民族问题来，我给你推荐一篇文章看一看，原载一九五三年六月十二日《人民日报》，唐振宗写的《纪念〈马克思主义与民族问题〉发表十四周年》。你看看党的民族政策，我们伟大祖国是一个多民族的国家的大家庭，希望你看一看，即（使）是恋爱问题和这也有关。你有不明白地方，可以来信研究。

尔恒兄我日前去一信，始终没见回信，情况你了解否？

我给尚大爷、李瑞龄老师去师（信），均已回信。惟香烛店李酉山老先生没回信。

你所要的像（相）片（1950，在沈阳照的）底版我已找出，俟不日归国后，洗好为你寄去。

我身心均健康，勿念。祝幸福！

致 军礼！

信手写来，草率之至，请见谅！

邵亢

于朝鲜成川郡玉井里

癸巳仲秋

1953.9.22

家书诵读

家书故事

这是1953年中秋节时，朝鲜战场停战后，邵尔谦在朝鲜成川郡玉井里写给大弟弟邵尔钧的家书。邵尔谦是一名文艺工作者，在朝鲜战场，他们想方设法编排节目，为前线的战友们送上精神食粮。但是，在这封家书中，邵尔谦并没有和弟弟谈论自己从事的文艺工作，而是有感而发，描绘了朝鲜秋天的美景和朝鲜战场的中秋和月夜。从这封“信手写来”、如优美散文般的家书中，我们感受到了志愿军战士国际主义的情怀、他们对祖国的眷恋，感受到了战场的艰苦和危险，同时也从一个侧面反映了志愿军在抗美援朝战争中夜战战术的运用。

邵尔谦先向弟弟描绘了朝鲜秋天的美丽风景，一句“你知道朝鲜秋天的景象吗？”展开了一幅绚丽的秋景图画：金黄的田野、苍翠的松柏、五颜六色的树叶，大豆、高粱、稻浪、各种野果，朝鲜大地美丽而富饶。随后他介绍了朝鲜人民过中秋节的风俗习惯，“在今天做上一顿好吃的。一家老少，有的是一个家族，穿着浆洗很白的衣服，到山顶上去祖坟前祭奠”。在朝鲜的日子里，邵尔谦看到这里的人民春耕夏锄，在敌机轰炸和破坏下，战胜了一切困难，充满了对这片土地和人民的热情和信心：“战争停下来，他们会很快恢复战前的生活而一天天的向上，战争要是打下去，朝鲜人民一定能够取得最后胜利！”

中秋的圆月使邵尔谦“回到以往的日子里”、回忆起在国内和在朝鲜度过的中秋节和月夜。1949 年中秋节，在河南许昌，邵尔谦到合作社去买月饼，和战友们围坐一起，吃月饼、水果、花生，小同志很多，都没人想家。1950 年中秋节，会餐、和战友闲谈，边吃苹果边写家信：“从山上吹过来的秋风，吹开了楼上的窗子，几乎吹跑我的信”，真是诗一般的意境。不到一个月后，邵尔谦随部队开赴朝鲜。

◇ 1953 年 8 月，邵尔谦在朝鲜防空洞前留影。

1951 年中秋节晚上，邵尔谦坐着汽车跑了一夜，“飞机封锁的特别厉害，敌人的夜航机 B25 又投弹、又扫射，路炸得坎坷不平，”天空上悬挂起几十个照明弹，公路两旁的高射机枪和高射炮，向天上交织成一片火网。敌人一排机枪打在附近，汤姆弹在地面上爆炸了。1952 年的中秋节，邵尔谦随部队参加一次反击战，连夜挖阵地，白天便伪装起来，到山上去砍木料，晚上再从山上拉下来盖阵地，“已经三天四夜没睡了，在干活休息十分钟的时间，就有睡着的危险”。月亮照在静静的阵地上空，这是激战前夕恐怖的寂静。还有给邵尔谦留下深深记忆的一些月夜，都是在紧张的军事劳动、在不眠不休中度过的。战事的激烈、环境的艰苦、处境的危险，跃然纸上。在抗美援朝战场上，中秋和月夜没有诗情画意，有的是炮火纷飞中的鏖战、枪林弹雨中的前行、恶劣天气里的辛劳。

面对流血牺牲、面对艰难险阻，志愿军战士充满了革命豪情和乐观主义精神。邵尔谦告诉弟弟，秋天和月夜都是志愿军作战的有利时机，“秋天是打仗的好时候，有月亮也是夜战的好时候。”邵尔谦在家书中记载的志愿军的夜战和夜间行动，正是志愿军抗美援朝战争的特点之一。志愿军发挥夜战特长，将夜战提高到战役甚至战略高度充分运用。纵观抗美援朝战史，志愿军的各次战役，几乎都是在夜间发起，有时甚至是夜打昼停。1950年10月19日，志愿军跨过鸭绿江是在夜间完成的。1950年11月1日晚，中美两国军队的第一次交战——云山战斗打响，志愿军充分发挥夜战特长，一举取得毙伤俘敌2000余人的胜利，实现志愿军入朝作战的“开门红”。志愿军在夜幕掩护下渡过临津江、跨过三八线，志愿军五次战役几乎都是在夜间发起。上甘岭战役的胜负，也是在夜间决定的。抗美援朝收官之战金城战役，同样是在夜间打响。在抗美援朝战争中，志愿军的夜战给敌人造成重大杀伤，以至于美军感叹：“月亮是中国人的。”

曹艺

为了和平我们撤出朝鲜了

赵绍闻致弟书（1955 年 11 月 9 日）

赵绍闻（1932—2023）

湖南湘潭人。中国共产党党员。早年在家乡读初小、高小、初中和高中，1949 年 9 月在株洲参加第 46 军军干校，后分配在第 46 军后勤部工作。1952 年 9 月入朝参战，1955 年 10 月回国。1963 年转业到湘潭市供销社工作。2023 年 1 月去世。

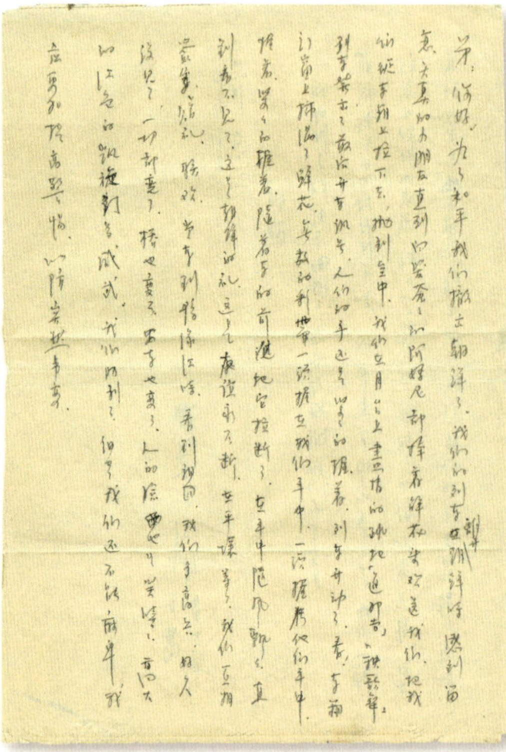

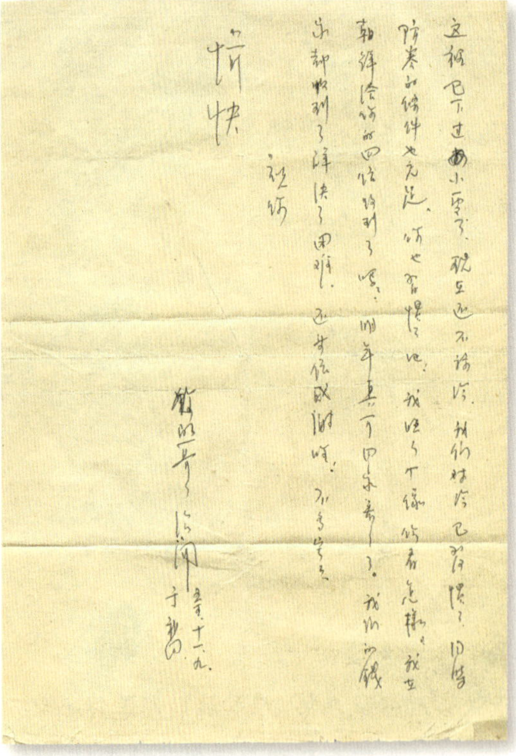

家书原文

弟：

你好！为了和平我们撤出朝鲜了。我们的列车离开朝鲜时，感到留恋，天真的小朋友直到白发苍苍的阿妈尼（妮）都捧着鲜花来欢送我们，把我们从车厢上拉下去，抛到空中，我们在月台上尽情的跳起“道那吉”“秧歌舞”。列车发出了最后开车讯号，人们的手还是紧紧的握着。列车开动了，看！车厢门窗上插满了鲜花，无数的彩带一头握在我们手中，一头握在他们手中，握着，紧紧的握着，随着车的前进把它拉断了，在手中随风飘飘，直到看不见了。这是朝鲜的礼，这是友谊永不断。在平壤等地，我们互相签字、赠礼、联欢。当车到鸭绿江时，看到祖国，我们多高兴！好久没见了，一切都变了，桥也变了，安东也变了，人的脸也是笑嘻嘻！高大的红色的凯旋门多威武，我们胜利了！但是我们还不能麻卑（痹），我（们）应更加提高警惕，以防突然事变。

这里已下过小雪了，现在还不算冷。我们对冷已习惯了，同时防寒的条件也充足，你也习惯了吧？我照了个像（相）你看怎样？我在朝鲜给你的回信收到了吗？明年真可回家看看了。我们的钱家都收到了解决了困难，还来信感谢哩！不多写了。

祝你愉快

你的哥哥　绍闻

五五·十一·九于祖国

家书诵读

家书故事

这是1955年11月，赵绍闻撤离朝鲜回到祖国吉林省休整期间写给弟弟赵绍望的家书。朝鲜停战后，赵绍闻所在的第46军参加维护朝鲜停战协定斗争和帮助朝鲜人民重建家园的工作，1955年10月，撤离朝鲜回国。赵绍闻在家书中详细描写了所在部队撤离朝鲜的过程和感受，洋溢着朝鲜人民对中国人民志愿军的深情厚谊和志愿军将士回到祖国的欣喜之情。

◇ 1953年5月，赵绍闻（右）与战友在朝鲜平安南道甑山郡马山里青龙洞合影。

1953 年 7 月 27 日，朝鲜停战协定签字，历时两年零九个月的抗美援朝战争胜利结束。为推动朝鲜问题的和平解决和进一步缓和远东紧张局势，中国人民志愿军自 1954 年 9 月至 1955 年 10 月，先后分三批公开主动从朝鲜撤出 6 个军共 19 个师的部队，还先后秘密撤出 6 个军 18 个师以及炮兵、高射炮兵、铁道兵等技术兵种部队 20 个师。第 3、第 9 兵团领导机关也于 1955 年撤出朝鲜。1958 年 2 月 19 日，中朝两国政府发表联合声明，向全世界宣布：中国人民志愿军将在 1958 年年底以前分批全部撤出朝鲜。

◇ 节约粮食救济受灾的朝鲜群众。

朝鲜停战实现后，志愿军严格遵守停战协定，坚持不懈地为维护停战协定进行斗争；同时严阵以待，做好应付敌人任何军事挑衅的准备，对稳定朝鲜停战局面起了重要作用。与此同时，志愿军全力帮助朝鲜人民重建家园，医治战争创伤。志愿军在朝鲜的八年间，主要是战后五年多时间，共帮助朝鲜人民修建公共建筑物 880 余座、民房 4.5 万余间，修复和新建桥梁 4260 余处，修建堤坝 4000 余条（全长 430 千米），修筑水渠 2200 余条（全长 1200 余千米）。各部队还节衣缩食，救济驻地灾民粮食 1000 余万千克、衣被 58 万余件，为朝鲜人民群众治病 188 万人次。志愿军工兵，在曾经是战区的地方排雷，平整农田，填平田中的炸弹坑；铁道兵重铺了铁路线、新建了火车站，迅速恢复了朝鲜的铁路交通运输；工程兵重点建设了平壤、咸兴、元山等朝鲜大城市；还大力修复水利工程，使朝鲜农业生产得以迅速恢复。

1958 年 3 月 15 日至 10 月 26 日，志愿军分三批先后撤离朝鲜回国。中共志愿军委员会和志愿军总部号召志愿军“不骄不懈，善始善终；军队撤出，友谊长存”，要求部队“交好、走好、到好”：除了武器装备和个人随身携带的物品以外，其余东西一律移交给朝鲜人民军；圆满安全地撤出朝鲜，回到祖国后不居功，不骄傲，服从祖国需要。

中国人民志愿军分批撤离朝鲜期间，中朝人民的团结友谊得到进一步发展。1958 年 2 月 27 日，朝鲜政府作出《关于永远纪念中国人民志愿军的伟大业绩和欢送他们从共和国北半部撤出的决定》。《决定》指出：“英雄的中国人民志愿军官兵在激烈的祖国解放战争中和战后在我国所建树的不朽功勋和光辉业绩，将永远铭刻在朝鲜人民心中，与我国的繁荣发展共放光辉。”朝鲜政府决定：在平壤市建成“中国人民志愿军友谊塔”；整修各地的中国人民志愿军烈士墓；向参加朝鲜战争的中国人民志愿军全体官兵授予“祖国解放战争纪念章”；将中国人民志愿军赴朝参战八周年的 1958 年 10 月定为“朝中友好月”。金日成和朝鲜党政其他领导人到撤军驻地看望、慰问和欢送志愿军，朝鲜人民展开全民签名感谢中国人民和志愿军的活动。6 月 11 日，朝鲜最高人民会议一致通过《朝鲜人民给中国人民志愿军和中国人民的感谢信》，以全体朝鲜人民、朝鲜劳动党和共和国政府的名义感谢中国人民志愿军在朝鲜人民反侵略战争中所建立的功勋。朝鲜人民对志愿军充满了依依不舍的深情，如同赵绍闻家书中记录的那样，志愿军每一次撤离的场面都非常感人，震撼心灵。

10 月，志愿军总部派出十个代表团分赴朝鲜各地向当地军民告别。17 日，志愿军总部在驻地桧仓隆重举行向朝鲜人民告别大会，随后在志愿军烈士陵园举行庄重的祭奠仪式，向长眠在朝鲜土地上的战友告别。23 日，中国人民志愿军司令员杨勇、政治委员王平在平壤市举行盛大告别宴会，向朝鲜党政军领导人和朝鲜军民告别。24 日，平壤各界人民隆重集会，欢送即将离朝回国的中国人民志愿军总部官兵，双方代表互赠《朝鲜人民给中国人民志愿军官兵和中国人民的感谢信》和朝鲜人民签名簿，以及《中国人民志愿军向朝鲜人民告别信》和志愿军全体官兵的签名册。

10月25日，中国人民志愿军总部官兵乘坐最后一列撤军列车离开平壤。金日成等朝鲜党和国家领导人到车站送行，朝鲜人民在车站举行了盛大的欢送仪式。26日，志愿军总部官兵满载着朝鲜人民的深厚情谊跨过鸭绿江大桥，回到祖国的怀抱。至此，中国人民志愿军除留在朝鲜停战委员会内的代表外，全部撤出朝鲜，胜利完成历史使命。

◇ 回到祖国怀抱的志愿军指战员乘坐的列车驶过凯旋门。

“为了和平我们撤出朝鲜了”，中国人民志愿军全部从朝鲜撤出的实际行动，向世界有力地说明了中朝两国人民对于维护和平、促进朝鲜问题和平解决的真诚愿望。

曹艺

后 记

为铭记抗美援朝战争的艰辛历程和伟大胜利，弘扬伟大抗美援朝精神，在抗美援朝战争胜利70周年之际，中国共产党历史展览馆精心编注了《英雄儿女——志愿军家书》。本书由中国共产党历史展览馆党委书记、馆长吴向东同志担任主编，副馆长李宗远同志、陈宇赫同志担任副主编。

在本书编注过程中，中共中央宣传部、国家退役军人事务部给予了悉心指导，辽宁省退役军人事务厅、重庆市退役军人事务局、中国人民革命军事博物馆、中国人民大学家书博物馆、天津博物馆、辽宁省沈阳市抗美援朝烈士陵园、辽宁省丹东市抗美援朝纪念馆、沈阳日报社、浙江省杭州市萧山区吴越历史文书博物馆、福建革命历史纪念馆、江西省玉山县退役军人事务局、江西省高安市党史地方志工作办公室（档案馆）、河南省洛阳博物馆、湖南省浏阳市政协文史委与浏阳市档案馆、四川省德阳市黄继光纪念馆（黄继光故居管理所）等单位提供了史料支持。赵月、付宇、董贺琴、丁在天、陈琼、左彤、谭慧娴、车晓平、赖欢等同志诵读家书原文。在此，我们一并表示真诚的感谢！

崇尚英雄才会产生英雄，争做英雄才能英雄辈出。编注本书，我们与广大读者一起缅怀先烈、致敬英雄。这一封封感人至深、发人深省的战地家书，展现了志愿军将士坚定理想信念和浓厚家国情怀，是传承红色基因、赓续红色血脉的生动教材，必将激励我们更加紧密地团结在以习近平同志为核心的党中央周围，牢记初心使命，坚定必胜信念，发扬斗争精神，锐意开拓进取，为全面建设社会主义现代化国家、全面推进中华民族伟大复兴而团结奋斗。

2023 年 10 月